ユニコーンに
導かれた先にいたのは
王子様でした
「…も
…外に触らせないで」
…なのか、わからない。
…言葉をそのまま返した。
アストラ…ないとダメなのは、
おれのほうだ」
「ハルヤ……」

ユニコーンに導かれた先にいたのは王子様でした

真崎ひかる

24121

角川ルビー文庫

目次

口絵・本文イラスト／明神　翼

ユニコーンに導かれた先にいたのは王子様でした

《〇》

キラキラと輝《かがや》く銀色の髪《かみ》に、澄《す》んだブルーの瞳《ひとみ》。遠く離《はな》れた外国から嫁《とつ》いで来たという、お姫様《ひめさま》のように綺麗《きれい》な曾祖母《そうそぼ》が大好きだった。

曾祖母の暮らす郊外《こうがい》の洋館は、広い庭に四季それぞれ花が咲《さ》き誇《ほこ》り、日本にありながら外国のような美しい佇《たたず》まいだ。

世界的に有名な建築家が若かりし頃《ころ》に手掛《てが》けたものであり、若手建築家が見学に訪《おとず》れることもあるのだと成長してから知った。

春夜《はるや》は母親の生家でもあるその家が大好きで、幼稚園児《ようちえんじ》の頃から休日になれば「大ばあちゃまに会いに行きたい」と母親にねだって頻繁《ひんぱん》に訪ねていた。

桃《もも》の花が咲く早春の昼下がり、テラスで曾祖母とティータイムを楽しんでいた春夜は、庭に遊びに来る小鳥に気を取られてきょろきょろしていた。

母親は、家の中で祖母と話し込んでいる。母方の祖父は春夜が産まれる前に亡《な》くなっているから写真でしか知らないけれど、祖母と母は気の合う友人のように仲良しでおしゃべりを始めると止まらない。普段《ふだん》は、この広い家に曾祖母と祖母の二人だけなので、娘《むすめ》である母親と孫の春夜の訪問は祖母も曾祖母も大歓迎《だいかんげい》してくれるのだ。

「春夜。これを、あなたにあげましょう」

テラスに置かれたテーブルの上にあるレースのハンカチを取り上げた曾祖母は、右手のひらで折り畳《たた》まれていたハンカチを広げて春夜に差し出した。純白のレースのハンカチは、きっと曾祖母が編んだものだ。

春夜はこの春に小学校に入る歳《とし》なのだけれど、曾祖母は丁寧《ていねい》な言葉づかいで話しかけてくる。母親や父親、二人の姉と違《ちが》って曾祖母だけは大人と同じように扱《あつか》ってくれることも、春夜が曾祖母を大好きな要因の一つだ。

テーブルを挟《はさ》んで向かい側の椅子《いす》に座っていた春夜は、身を乗り出して曾祖母の手元を覗《のぞ》き込み、目を瞠《みは》る。

「……大ばあちゃまの、宝物？」

ジェリービーンズ形の真っ白なペンダントは、曾祖母が大切にしている宝物だ。遠く離れた国からお嫁《よめ》に来る時に、ただ一つ持ってきた物だと聞いている。

何度か見せてもらったことのあるペンダントはすごく綺麗で、春夜も大好きだった。

でもそれは、曾祖母の宝物だ。春夜がもらってはいけない。

「それ、大ばあちゃまの宝物だから……」

ダメ、と首を横に振《ふ》る。

すごく綺麗で大好きで、心惹《こころひ》かれるけど……。

春夜と目を合わせた曾祖母は、ふふっと微笑《ほほえ》んで春夜の手にレースのハンカチごとペンダントを握《にぎ》らせた。

「いいのよ。これは、春夜に持っていてほしいの。前に、お馬さんが見えると言っていたでしょう？　今も見えるかしら？」

曾祖母は、以前姉たちと一緒《いっしょ》にペンダントを見せてもらった時に、春夜だけが「お馬さんがいる」と言ったことを憶《おぼ》えていたらしい。

促《うなが》されてペンダントを日に透《す》かすと、真っ白のペンダントに長い尾《お》とタテガミのある馬の影《かげ》が浮《う》かび上がる。

その姿は、間違《まちが》いなく馬だと思うのだけれど……一つだけ不思議なのは。

「うん。おでこに、角があるお馬さん」

額部分に、角にしか見えない一本の尖《とが》ったものが生えているのだ。

姉たちは、「角がある馬ぁ？　牛じゃないの？」とか「羊でしょ。って、馬なんか見えないよ」などと春夜の言葉を笑ったけれど、曾祖母は笑わなかった。

今も、春夜の答えに唇《くちびる》に微笑《びしょう》を滲《にじ》ませただけで「そう」と、うなずく。

「やはり、これは春夜の許《もと》にあるべきだわ。そして……いつか春夜が大きくなって、憶えていたら、大ばあちゃまの代わりにこのペンダントを国に連れて行ってあげてほしいの。わたくしは一度も帰れなかったけれど、日本と同じで暖かな季節にはたくさんのお花が咲く、すごく綺麗な国ですのよ」

微笑む曾祖母は、笑っているのに何故《なぜ》か少し淋《さび》しそうで……春夜は、ギュッとハンカチを握り締《し》めた。

「大ばあちゃまも一緒に行こ！　僕、お小遣《こづか》い貯《た》めておくから」

春夜の言葉に瞬《まばた》きをした曾祖母は、嬉《うれ》しそうに笑《え》んで曖昧《あいまい》にうなずく。

ピピッと鳴いて飛び立った小鳥を見送り、春夜と視線を絡《から》ませた。そしてやわらかに微笑んだまま、言葉を続ける。

「もうすぐ将胤《まさつぐ》さんがお迎《むか》えに来てくださるから、わたくしは一緒には行けないの。……将胤さんのお迎えを、こんなに長く待つとは思わなかったわ」

マサツグさん？

何度か耳にしたことのある名前は……そうだ、確か曾祖父《そうそふ》のものだ。母親が産まれるよりもずっと前に、亡くなっていると聞いた。

かっちりとした兵隊さんの服で、白黒写真の向こうから眼光鋭《するど》く春夜を見る曾祖父は少し怖《こわ》くて、曾祖母が夢見るように語る人と合致《がっち》しない。

迎えに来る？　曾祖母を？　どういう意味だろう？

なにも言えなくて困惑《こんわく》する春夜に、笑みを消した曾祖母は小首を傾《かし》げて「でも」と零《こぼ》す。

「将胤さんの知っているわたくしは、二十歳《はたち》になったばかりの娘ですもの。こんな皺《しわ》くちゃのおばあちゃまになっていて、驚《おどろ》かれるかしらね。恥《は》ずかしいわ」

「どうして？　驚かないよ。大ばあちゃまは、お姫様みたいにキレイだから、全然恥ずかしくない！」

反射的に否定した春夜を、曾祖母は少し驚いた顔で見て、ふんわりと花がほころぶように嬉しそうに笑う。

「ありがとう。ええ……思っていたよりずっと長く将胤さんのお迎えを待ったけれど、おかげで春夜とも会えたものね」

春夜の手を握る曾祖母の手は、本人が言うように深い皺が刻まれていたけれどあたたかくて……何故か、泣きたくなった。

「お願い、これは春夜が持っていて」

「わ……かった。大きくなったら、大ばあちゃまの国に一緒に行く」

「……そうね。帰らせてあげて」

帰らせてあげて？　ペンダントを？

晴れ渡《わた》った空を眩《まぶ》しそうに見上げる曾祖母の瞳は、空の色を映したように青くて綺麗だった。

九十歳を超《こ》えていた曾祖母は夏前に亡くなってしまったけれど、白い棺《ひつぎ》の中でたくさんの花に囲まれた曾祖母は幸せそうに微笑んでいて、「マサツグさんが迎えに来てくれたのかな」と思ったことを憶えている。

曾祖母と逢《あ》えなくなる、お話しできなくなる淋しさは、もちろんあった。

でも、曾祖母があまりにも幸せそうな顔をしていたから、泣きじゃくる二人の姉とは違い春夜は「大ばあちゃま、よかったね」と、淋しさだけではない不思議な心地《ここち》になったことを憶えている。

《一》

小型でもズシリと重いノコギリと、大きな刃《は》の剪定鋏《せんていばさみ》を両手に持ち、作業用の道具を積んである大型のバンに向かう。

職人にとっては大切な仕事道具だけれど、迂闊《うかつ》に放置していると凶器《きょうき》になりかねない。

トランクのドアを開けて、ケースに収めたノコギリと剪定鋏を所定の位置に置くと、剪定した枝を纏《まと》めるための荒縄《あらなわ》を手に取った。

早足で広い庭を横切る春夜に、タイミングよく玄関《げんかん》から出てきた家人が声をかけてくる。

「あら、あなた確か……春夜くんでしょ？　松澤《まつざわ》さんの、息子《むすこ》さん」

「は、はい。お世話になってます」

白髪《しらが》の老婦人は、春夜を知っているようだが……春夜には覚えがない。でも、大切な顧客《こきゃく》であるのは間違いないので、丁寧に頭を下げる。

出かけるところだったらしい老婦人は、開きかけた日傘《ひがさ》を手にしたまま孫を見るような優《やさ》しい目で春夜を見詰《みつ》めて、言葉を続けた。

「まぁまぁ、こんなに大きくなって。以前お会いした時は、小学校に入ってすぐくらいだったかしら」

老婦人の台詞《せりふ》に、春夜は複雑な心境で微《かす》かな笑みを浮かべた。

「あの……二十二歳になりました」

前回会ったのは、小学校に入ってすぐらしい。

それなのに、一目で迷わず名前を呼びかけてきたということは……印象が子どもの頃《ころ》からあまり変わっていないのか？

常日頃《つねひごろ》から春夜をイジって遊んでいる姉たちがここにいれば、「童顔だもの。見た目も変わらないんじゃないの？」とか「若く見えて羨《うらや》ましいわぁ」などと、からかっているのか羨んでいるのか微妙《びみょう》な茶化し文句を投げかけてくることだろう。

「あら、もうそんなお歳に。お父様のお仕事を継《つ》がれるの？」

「いえ、今日は単発の手伝いです。跡《あと》取りには、義兄がいますから」

横目でチラチラ父親と義兄が作業をしているほうを確認《かくにん》して、自分たちの会話が聞こえない距離《きょり》だなと安堵《あんど》する。

春夜の父親は、松澤園芸という名の造園業を営んでいる。確か、二百年以上も続く歴史ある家業らしい。六代目だったかの祖父もまだ現役で、古くからの顧客が多いことは知っている。

姉が二人で、唯一《ゆいいつ》の息子である自分が跡取りだろうと、決めつけた言い方をされるのは仕方がないのかもしれない。

でも、何年も父親に師事している二番目の姉の夫である義兄が実質的な跡取りだということは、自分たちのあいだでは暗黙《あんもく》の了解《りょうかい》となっている。

義兄が気にしてはいけないので、できる限り春夜は仕事現場に同伴《どうはん》しないようにしていたのだが、今日は庭が広いことと春夜が時間を持て余しているせいで、「手伝え。猫《ねこ》の手よりはマシだろう」と朝食の席で宣言した父親に連れ出されたのだ。

このところ家に籠《こも》りがちな春夜の、気晴らしも兼《か》ねて誘《さそ》い出されたのだとは思うが……断るべきだったかもしれない。

自分の跡取り疑惑《ぎわく》はしっかりと否定しなければ、と老婦人に説明を続ける。

「僕は日本庭園ではなく、イングリッシュガーデンとかの洋風のほうを選びましたので……」

「あら、そうなの。お父様、残念がられたんじゃないの？　やっぱり、春夜くんに継いでほしいでしょうし」

悪気がないことは、わかっている。この年代の人にとっては、血の繋《つな》がった息子である春夜が跡取りとなる方が自然なのだろう。

でも、義兄が長い下積み期間も含《ふく》めて現在も努力していることを知っているので、こういう会話は聞かれたくない。

「親不孝を承知で、好きなことをしたいっていう僕の我が儘《まま》を許してもらったんです。あのっ、すみません。父に呼ばれましたので失礼します」

遠くから、「春夜ぁ、なにやってんだ！」という父親の声が聞こえてきたのを幸いとばかりに、老婦人に頭を下げてその場を離《はな》れた。

仕事中は厳しく怖い父も、今の春夜にとっては助け舟《ぶね》だ。

「仕事の最中に、ベラベラくっちゃべってんなよ。ったく……猫の手を借りたほうがマシだったか？」

「すみません」

仁王立《におうだ》ちする父親に頭を下げて謝っておいて、父親と義兄の足元に散らばる木の枝を拾い集める。

細かな松葉はごみ袋《ぶくろ》に纏め、長い枝は抱《かか》えられる束にして縄《なわ》で縛《しば》っていると、頭上からこそっとした声が落ちてきた。

「気にするなよ。春夜くんが現場で一緒《いっしょ》に仕事をしているの、親方は嬉《うれ》しいんだから」

「ん……ありがと」

優しい義兄は父親に聞こえない小声でそう気遣《きづか》ってくれたけれど、春夜は顔を上げることができなかった。

結局、義兄に気遣わせてしまったことも含めて、父親たちの仕事に帯同したのは失敗だった。

下手に春夜が出しゃばると、周りが勝手に『松澤園芸の跡取りは息子の春夜』だと認識《にんしき》してしまう危険がある。

明日《あした》からは、適当に言い訳をして断ろう。

……現在、不本意ながら無職の自分は、やることがなければ時間を持て余すのだが。


就寝前《しゅうしんまえ》、ベッドに寝転《ねころ》がった状態でスマートフォンを操作する。

アルバイトも含めると求人情報はそれなりにあるけれど、春夜が希望する業種は見つけられない。

「うーん……四月だもんなぁ。新卒の正社員なんか、来年度の新卒採用予定のものばっかりだよなー……」

地方にまで検索《けんさく》の手を広げても、期間限定だったり短時間勤務だったり、所謂《いわゆる》『ツナギ』にしかならなそうだ。

春夜も、今春から正社員として就職するはずだったのだ。採用が決まっていた企業《きぎょう》が経営難に陥《おちい》り、大手に合併《がっぺい》吸収されなければ。

既存《きそん》の従業員は保護されても、新年度から新規就業予定だった春夜は入社前で幸いだったとばかりに採用が取り消しとなってしまった。

理不尽《りふじん》だと訴《うった》えようにも、就業予定だったガーデン部門が廃止《はいし》されてしまうのではどうしようもない。

きっと強く嘆願《たんがん》すれば、内定していた企業にそのまま就職することも不可能ではなかった。

ただ、希望外の別部門に配置転換《てんかん》されても、勤労意欲が削《そ》がれて勤める意義を見失うことになるのは目に見えている。

入社してすぐに退職するはめになるのなら、最初から勤めないほうがきっといいとその時は思ったのだが……四月に入って半月ほどで、時間を持て余している。

「植物園……フラワーガーデン……このあたりは離職者《りしょく》が少ないから、新規採用の募集《ぼしゅう》自体がほとんどないんだよね。うーん……いっそ、うちとは無関係の造園関係なら……」

スマートフォンの画面をタップしていた指を止めて、右手に本体を握《にぎ》ったままパタリと手をベッドに落とす。

父親やその知人に弟子《でし》入りして修業するのではなく、洋風庭園について学びたいと専門学校に通ったのは自分の我が儘だ。

今更《いまさら》、他に選択肢《せんたくし》がないから造園業に就《つ》いてもいいかな……などと言い出すのは、真剣《しんけん》に造園に取り組んでいる彼らに失礼だろう。父親に、「造園ナメてんのか。甘ったれんな」などと怒《おこ》られるのは、間違《まちが》いない。

「あぁあ……こうなれば、姉ちゃん……聡司《さとし》兄さんに頼《たの》み込んで、雑用のアルバイトをさせてもらうかなぁ」

フラワーショップを経営する上の姉の配偶者《はいぐうしゃ》は、花農家を営んでいるのだ。繁忙《はんぼう》期だけでも手伝いをさせてほしいと頼めば、快く受け入れてくれるだろう。

でもやはり、身内に頼《たよ》ろうとするのは父親曰《いわ》く「甘え」だと自分でもわかっている。末っ子長男は甘やかされているなと、親戚《しんせき》に嫌味《いやみ》を言われても仕方がない。

行き詰《づ》まった……と目を閉じてため息を吐《つ》く春夜の耳元で、消沈《しょうちん》する自分とは正反対のハイテンションな声が響《ひび》いた。

『ハル、ハル、……ハル！　ハルヤ！』

聞こえないふりをして無視していると、名前を連呼された。ついでに、チクチクと爪楊枝《つまようじ》の先端《せんたん》で首筋をつつかれているようなくすぐったさに頭を振《ふ》る。

「突《つつ》くな。あと、呪文《じゅもん》みたいに連呼しないでよ」

大きく息をついて、目を開ける。天井《てんじょう》を背景とした視界に、ふわふわと浮《う》かんでいる角の生えた白い馬の姿が飛び込んできた。

『ハルが、聞こえんふりをするからだろ！』

文句を言いながら接近してきた白い馬に、鼻先を角でつつかれそうになり、「やめんか」と左手で振り払《はら》った。

両手に乗るサイズの白い馬は、現実の世界には存在しない『ユニコーン』としか表現しようのない姿形をしている。非現実的なこの存在が見えるのは春夜だけで、当然会話ができるのも春夜しかいない。

親し気に『ハル』と呼びかけてきて、春夜が『ユニ』と呼んでいる『ユニコーン』と初めて対峙《たいじ》したのは、忘れもしない五年前の夏だった。


高校二年生にして初めての彼女ができた春夜は、三度目のデートでお気に入りのフラワーガーデンを訪《おとず》れた際、周囲に人がいないのをチャンスとばかりにありったけの勇気を振り絞《しぼ》って彼女の手を握った。

握り返してくれたことに安堵と喜びが込み上げ、次は初キス……と震《ふる》える手で彼女の肩《かた》を抱《だ》き寄せたのだ。

目を閉じて応じてくれた彼女に、心臓が破裂《はれつ》しそうなほどドキドキした。唇《くちびる》が触《ふ》れるまで、あと十センチを切った……瞬間《しゅんかん》、突如《とつじょ》春夜の耳元で『ダメだぁっ！』という悲鳴に近い絶叫《ぜっきょう》が響いたのだ。

驚《おどろ》いた春夜が目を見開くと、彼女とのあいだに白い物体が割り込んでいた。ふわふわ浮かぶソレは、焦点《しょうてん》の合った春夜の目に「小さい馬？」として映った。

真っ白な馬は、両手で作った輪に入るかどうかというサイズで……何故《なぜ》か額部分から角を生やしていた。

唖然《あぜん》とする春夜に、

『許さんっ！　なにがあろうと、清いカラダを保つのだ！　でなければ、我と意思疎通《いしそつう》もできんことになるぞ！』

早口でそう畳《たた》みかけ、尖《とが》った角で額をつついてきた。

あまりにも非現実的な光景に微動《びどう》だにできず、声も出なかった春夜だが、さすがに「痛っ、イテテ……」と両手で額をガードした。

実際は、さほど痛かったわけではない。

でも、体感的な感覚よりも『鋭《するど》い角で刺《さ》されている』という視覚情報からのイメージに、痛いような気にさせられた。

彼女は、突然《とつぜん》の春夜の奇行《きこう》に戸惑《とまど》ったに違《ちが》いない。

「春夜くん？」

と不思議そうに呼びかけてきたのだが、その時の春夜に的確なフォローをすることはできなかった。

目の前の『小さな白い馬』が自分にしか見えていないとも知らず、顔の前で両手を振り回しながら、

「消えろっ、馬鹿《ばか》」

などと言い放ったのだ。

春夜と二人きりだという認識《にんしき》の彼女にとっては、とんでもない暴言を投げつけられたと受け取ったに違いない。

一瞬《いっしゅん》、ポカンとした顔をして……ギュッと唇を引き結んだ。

春夜と視線を絡《から》ませ、

「なによ。馬鹿はそっちでしょ！　二度と連絡《れんらく》してこないで！」

そう言い返すと、右手で見事な張り手を春夜の頬《ほお》に繰《く》り出して、小走りで立ち去ってしまった。

ショックと戸惑いに硬直《こうちょく》し、呼び止めることも追いかけることもできずにいる春夜の肩口《かたぐち》で、視界の端《はし》に映る白い影《かげ》がつぶやく。

『気の強い女子《おなご》だなぁ』

自分は無関係とばかりの、のほほんとした口調での一言で我に返った。

右肩に顔を向け、やはりそこに見える『角があるミニサイズの白い馬』に猛抗議《もうこうぎ》をした。

「なんなんだ、おまえ。おまえが邪魔《じゃま》したせいで、フラれたじゃないかっ。角馬のオバケに憑《つ》かれる憶《おぼ》えなんかないけど？」

未知の存在に対する恐怖《きょうふ》や驚きがなかったわけではないが、その時の春夜にとっては妨害《ぼうがい》のせいで彼女にフラれたという憤《いきどお》りが勝《まさ》っていた。

苦情をぶつける春夜に、白い馬は悪びれず答えたのだ。

『ハルヤが悪い。これまでも散々我の呼びかけを黙殺《もくさつ》していた上に、その身を汚《けが》そうとするなど言語道断。清らかさを保ててよかったではないか』

「キスくらいで、汚れてたまるか！　ああ……ファーストキス……それより、真利亜《まりあ》ちゃん……怒ってたなぁ。冷静になって、傷ついて泣いてるかも」

よくよく思い返せば、この『謎《なぞ》の白い馬』を追い払うためだったとはいえ、彼女を前にした春夜の態度はあまりにも酷《ひど》かった。

自分に言われた言葉だと思っているなら、傷つけてしまったに違いない。

嘆《なげ》く春夜に、角のある白い馬は『気にすることはない』と軽く流す。

『あの女子の纏《まと》う気は、哀《かな》しみより怒《いか》りが勝っていたから問題ないだろう。ハルのほうが痛そうだ』

「う……痛い……けど」

手加減なしに叩《たた》かれただろう左頬《ひだりほお》は、確かにヒリヒリする。数分前まで高揚《こうよう》していた心がズタボロになっていることも相俟《あいま》って、どこがどう痛いのかよくわからなくなってきた。

膝《ひざ》の力が抜《ぬ》けてその場にしゃがみ込んだ春夜の目の前で、白い馬がぴょこぴょこと小さく跳《は》ねる。

『大丈夫《だいじょうぶ》か、ハルヤ』

「いろいろ、大丈夫じゃない感じだけど……なんで、おれの名前知ってんだよ？　なんなんだ、おまえ」

目を凝《こ》らしても消えないということは、幻覚《げんかく》ではなさそうだ。話しかけてくる声は、耳に入ってくるというよりも耳の奥……頭に直接響いているようで、なんとなく気持ち悪い。

まじまじと見つめる春夜に、白い馬はひときわ高く跳ねて見せた。

『ようやく我に気づいてくれて嬉《うれ》しいぞ。子どもの頃《ころ》から傍《そば》にいたのだから、名前を知っているのは当然だ。◇×☆××もハルヤと呼んでいただろう？』

「……なんて？　誰《だれ》が呼んでたって？」

そこ以外は普《ふ》通《つう》に理解できるのに、一ヵ所だけ聞き取れなかった不思議な響きの言葉に、首を傾《かし》げて聞き返す。

白い馬は、

『ああ……こちらの名ではわからんか。ハナコだ』

春夜の手の甲《こう》を角でツンと突《つつ》き、今度は馴《な》染《じ》みのある名前を告げてくる。

ハナコ……華子《はなこ》はわかる。よく知っている名だ。母親や父親や祖母が、親しみと敬愛を込めてそう呼びかけていた。

「大ばあちゃま？」

曾祖母《そうそぼ》を「大ばあちゃま」と呼ぶのは、春夜と二人の姉だけだった。他《ほか》の親族たちは、曾祖母の名である「華子さん」と呼んでいたのだ。

曾祖父《そうそふ》に嫁《とつ》いでから名付けた日本語名だと思うが、本名は先ほど耳にした聞き取りや発音の困難な外国語のものなのだろう。

『発音が難しいらしく、ここの人間にはハナコと呼ばれていたけど、国では正式な名があった。我の宿る首飾《くびかざ》りを、譲《ゆず》り受けただろう？』

「あ……あ、あー！」

曾祖母から譲り受けた首飾り。角のある馬。

その二つのキーワードが繋《つな》がり、慌《あわ》てて肩にかけてあるボディバッグに手を伸《の》ばす。

曾祖母から「御守《おまも》りになるから、いつも持っていて」と言われていたけれど、首につけるのには躊躇《ためら》いがあって……御守り袋《ぶくろ》に入れて、バッグにつけているのだ。小学生の時はランドセルに、中学になってからは学生鞄《かばん》に……外出時は私物のバッグに。曾祖母に護《まも》られているような気がして、ほぼ忘れず持ち歩いている。

御守り袋の口を縛《しば》ってある紐《ひも》を解《ほど》き、手のひらにペンダントを転がした。

『それだ。我の角から作られている。我のおかげで幾度《いくど》か命拾いをしただろう』

「……大ばあちゃまが、護ってくれたんだと思ってたけど」

小学生の頃、横断歩道を渡《わた》っていてトラックに轢《ひ》かれたことがあった。周囲は命にかかわる大事故だと騒然《そうぜん》となったらしいが、春夜は接触《せっしょく》の直前に転んだことで車体の下にある隙間《すきま》に入り込んでいたらしく、かすり傷だけで無事だったのだ。

中学に入ってすぐ、海水浴で離岸流《りがん》に流された時は、たまたま目の前に大きな浮《う》き輪が漂《ただよ》っていて掴《つか》まることができたので、パニックにならず救助を待つことができた。

曾祖母が護ってくれたと思っていたのだが、この……なんとなく偉《えら》そうな『角のある白い馬』の加護だったということか？

『我は元来、ハナコの守護だったのだ。ハナコがハルヤに我の角を譲ったからには、ハルヤを護る義務がある』

感謝しろ、とばかりに首を振《ふ》り上げた白い馬に、いまいち信じ難《がた》いのだけれど……と目を細める。

『いいか、人がユニコーンと呼ぶ我と意思疎通をするには純潔であることが絶対条件だ。これからも、清らかなカラダを保て』

当然のように言い渡された台詞《せりふ》は、「はいはい」と聞き流せるものではなかった。

白い馬に身を乗り出して、『純潔』とか『清いカラダ』などの意味を確認《かくにん》する。

「ちょ……待て。純潔……って、おれに、一生ドーテーでいろって？」

『少なくとも、我を祖国の仲間のところに送り届けるまでは許さん。ハナコとも約束したであろう？』

「約束、したけど」

手のひらのペンダントを、ギュッと握《にぎ》り締《し》める。

石でも人工物でもない、不思議な素材だとは思っていた。

両親に聞いても、生物や科学の教師に尋《たず》ねてみても、「初めて見るな。動物の骨か牙《きば》っぽいけどなぁ。象牙《ぞうげ》……でもないか？」と正体はわからなくて、春夜は曾祖母の形見だからどんなものでもいいかと素材を追究することをやめた。

でもまさか、ユニコーンの角？　だなんて……信じ難いが、実際に目の前に『角のある白い馬』がいるのだ。

このペンダントに、こんな厄介《やっかい》なモノが宿っているとは思わなかった。曾祖母は、知っていたのだろうか。

「知ってた……んだろうな」

銀の髪《かみ》にアイスブルーの瞳《ひとみ》。いつも穏《おだ》やかに微笑《ほほえ》む、綺麗《きれい》な大好きな曾祖母を思い浮かべて、小さく息をついた。

春夜が『角のあるお馬さんが見える』と口走ったことを、微笑《びしょう》一つで受け止めたあたりからして、知らなかったとは思えない……か。

『はー、やれやれ。ようやく具現化が叶《かな》ったことだし、しばし現在の世を見物するか。ハルヤが鈍感《どんかん》すぎて、このまま我と交流できなかったらどうなることかとヤキモキしたぞ。危機感が我の力を増幅《ぞうふく》させたのだな。不本意ながら小型なのは、遠く祖国を離《はな》れて力が不足しているせいか。仕方がない』

　ふわふわ空中散歩を楽しんでいるらしい『角のある白い馬』は、やけにテンションが高く、饒舌《じょうぜつ》だ。

　存在感がありすぎて、夢か幻《まぼろし》かと、現実逃避《とうひ》することもできない。

「ああ……火事場の馬鹿力《ばかぢから》ってやつ？」

　呆然《ぼうぜん》とつぶやいた春夜は、「つーか、鈍感で悪かったな」と少し遅《おく》れて苦情をつぶやく。

　呼びかけられていたと言われて、記憶《きおく》を探《さぐ》ってみたけれど、確かに……角のある馬を夢に見たことくらいはあった気がする。

　でもまさか、ペンダントにぼんやりと浮かび上がって見えた『角のある白い馬』が、こんなふうに会話のできるモノだとは春夜でなくても思わないだろう。

「大ばあちゃま……話してくれていてもよかったんじゃないの？」

　曾祖母を思い浮かべてぼやいてみたが、もし六歳の春夜が曾祖母から聞かされていても、どれくらい理解できたかはわからない。

「ユニコーン……って……聞いたことはあるけど」

　馬、でいいのだろうか。得体のしれない生き物だ。

　ペンダントを握り締めて見詰《みつ》める春夜に、白い馬はふさふさのタテガミを揺《ゆ》らして話しかけてくる。

『我の存在は、ハルヤにしか見えんからな。会話もだ。奇人《きじん》と思われたくなければ、言動に気をつけろ』

「はは……もう手遅《ておく》れ」

彼女……今となっては元彼女とのあいだに割り込む前に、事前知識を得ていたらもう少しマシな対処ができたのに。

のろのろ立ち上がった春夜の視界に、夏の日差しを浴びて咲《さ》き誇《ほこ》る大輪の向日葵《ひまわり》が映る。

三度目のデートは、散々の結果に終わった。

うきうきした様子で出かけた春夜を知っている母親は、しょんぼりと帰宅した息子《むすこ》になにを思うだろう。

報告する必要もなく、なにがあったか察してくれるはずだが……三度目のデートで振られるなんて、みっともない。

『ハルヤ、帰宅するのか』

「……帰るよ。ユニコーン……おまえも、ついてくるよなぁ」

『ハルヤが気づかなかっただけで、これまでも傍《そば》にいたといっただろう』

「あああ、そっか。ユニコーン……ユニでいいか。護るのが役目なんだよな。おれを変人にしたくなかったら、大人しくしててくれよ」

『せっかく会話ができるようになったのに、つれないな。我を構え』

「せめて、人前では勘弁《かんべん》してくれ……」

とぼとぼ歩き出した春夜は、肩《かた》のあたりでふわふわ漂う白い影《かげ》に大きなため息をつくしかなかった。


あれから五年。

ユニコーンなどゲームやファンタジー映画でしか目にしたことのなかった存在だったのに、今の春夜にはすっかり馴染みのあるものとなってしまった。

しかも、賑《にぎ》やかにしゃべるし額に生えた角で突いてくるし、なかなかに自己主張が激しくて存在を無視させてくれない。

『ハル、暇《ひま》か』

「暇だって言いたくはないけど、まぁ……そう見えても仕方ないかもな」

コンビニエンスストアや飲食店など、アルバイトをしようと思えば募集《ぼしゅう》しているところはたくさんある。

ただ、せっかくなのでガーデン関係で仕事をしたいと望むのは……やはり、春夜の我が儘《まま》だとわかっている。

何度目か数えきれなくなったため息を零《こぼ》すと、ユニが予想もしていなかったことを言い出した。

『では、今こそ我が祖国へと旅発《たびだ》つ絶好の時ではないか』

「……時間的にはそうかもしれないけど、懐《ふところ》事情が許してくれないよ」

ユニからは、幾度となく『祖国へ行くのだ』とせがまれている。

そのたびに渋《しぶ》い返事を繰《く》り返していたのは、距離《きょり》的な困難と時間が取れないことだけでなく、金銭の余裕《よゆう》がないこと等《など》、現実問題が山積みだったからだ。

確かに現在の春夜は時間がたっぷりあるけれど、海外旅行をするような金銭的な余裕はない。なんといっても、無職なのだ。

『国に行きさえすれば、なんとでもなる。片道の旅費もないのか』

「いや……なんともならないだろ。だいたい、ユニの祖国って……」

ユニの言う祖国は、春夜の母方の曾祖母《そうそぼ》の祖国でもある。

高校を卒業した際、曾祖母と「いつか国に行く」と約束した幼少期の記憶を思い出して調べようとしたこともあるが、あまりにも情報が少なくてお手上げだった。

今なら、あの頃《ころ》よりは詳《くわ》しく知ることができるだろうか。

「ちょっとだけ、調べてみる。……暇だからな」

自虐《じぎゃく》を含《ふく》めてつぶやいた春夜は、『いいぞー！　その調子だ！』と囃《はや》し立てるユニをシャットアウトして、右手に持ったスマートフォンを顔の前に翳《かざ》した。

□□□

「母さん、ちょっと聞きたいことがあるんだけど」

足音を聞きつけて自室を出た春夜は、バルコニーで洗濯物《せんたくもの》を干し終えて、空になった籠《かご》を手に通りかかった母親を呼び止めた。

「なぁに？」

首を傾《かし》げた母親は、透《す》き通るような白い肌《はだ》にもともと色素の薄《うす》い天然パーマ、大きな目をした童顔ということもあってか、五十代にはとても見えないと人に言われるふわふわとした可愛《かわい》らしい雰囲気《ふんいき》だ。

二人の姉曰《いわ》く「春夜は、お母さんにそっくり」らしい。

「……大ばあちゃ……大ばあちゃんについて、だけど」

「華子さん？」

二十を超《こ》えて「大ばあちゃま」と呼ぶのは、さすがに恥《は》ずかしいかと言い直した春夜に、目をパチクリとさせる。

母親にとっては祖母だが、今でもやはり「華子さん」と呼ぶようだ。予想通り、本名を知らないのかもしれない。

「ひいお祖父《じい》ちゃんと結婚《けっこん》する前のこと……出身の国についてとか、詳しく知りたいなぁと思って。母さんは、どれくらい知ってる？」

「華子さんの、お国について？　残念ながら、私は、ほとんどわからないのよね。お母さん……おばあ様なら、私よりもう少し知っているかも。そうだわ！　庭の薔薇《ばら》のお手入れをお願いされていたし、一緒《いっしょ》に出かけましょう。ランチも兼《か》ねて、直接尋《たず》ねればいいわ。電話してみるわね」

しゃべっている途中《とちゅう》でポンと手を打った母親は、春夜が口を挟《はさ》む間もなく「それがいいわ」と決め込んで、エプロンのポケットに入れてあったスマートフォンを手に持つ。

洗濯籠を足元に置いて、「もしもし、お母さん？　今日、お時間あるかしら」と楽し気にしゃべり出した母親に背を向けて、自室へ戻《もど》った。

「相変わらず、マイペース……」

『ハルヤとそっくりだぞ』

独り言に絶妙《ぜつみょう》のタイミングで言い返してきたユニの言葉は黙殺《もくさつ》して、出かける準備をするためにハンガーラックにかけてあるバッグに手を伸《の》ばした。

かつて曾祖母も一緒に住んでいた洋風のお屋敷《やしき》には、今は祖母が一人暮らしをしている。ただ、春夜の自宅から車で三十分もかからない距離ということもあり、母親は頻繁《ひんぱん》に訪《おとず》れていると知っている。

広大な庭には、四季折々の花が咲く。曾祖母が大切にしていた薔薇園も、春咲《はるざ》きの薔薇が次々に花弁を開いており華やかだ。

祖母と母親が昼食の支度《したく》をしているあいだ、春夜は薔薇園の手入れをしていたけれど、ちょうど終わったかな……というタイミングでテラスから名前を呼ばれた。

「春夜、ランチにしましょう」

「はーい。こっちも終わったところだから、道具を片付けて手を洗ってくる」

母親に答えて、手入れするための道具一式を収めたバスケットを持ち上げる。

ちょうど目の前にあるのは、曾祖母が一番好きだった薔薇だ。

「大ばあちゃま、約束を忘れてないからね」

『そうだ。約束は守らねばならん！』

「ユニ……しんみりしてるんだから、黙《だま》ってて」

曾祖母への語らいをユニに横取りされ、右手で白い馬体を払い除《はらの》けた。感触《かんしょく》はないが、払われたユニは『我を除け者にするな』と憤《いきどお》っている。

「腹減った……」

ユニには気が済むまで文句を言わせておくことにして、早足で薔薇園を後にした。

サンドイッチとスープの昼食を終えると、祖母がお手製のシフォンケーキと紅茶のカップをテーブルに置いた。

二度目の「いただきます」を口にして紅茶を一口飲むと、中断していた話の続きを切り出した。

「戦争の前に鎖国《さこく》状態になって、大ばあちゃんは一度も国に帰れなかったんだよね。パスポートとかは、残ってないの？」

春夜の問いに、祖母は表情を曇《くも》らせて答えた。

「それが、本宅が空襲《くうしゅう》で全焼したことでほとんど焼失しているらしいの。……こちらの家には、お二人の写真と、華子さんのほんのわずかな私物しか残ってないのよ。華子さんのお国での名前も、誰《だれ》も知らないのよね」

「写真って、リビングに飾《かざ》ってあるやつだよね」

軍服姿の曾祖父《そうそふ》のものが一枚と、同じ軍服に身を包む曾祖父に寄り添《そ》う、ドレス姿の若かりし曾祖母のツーショット写真が一枚だ。

あとは、春夜の手元にあるペンダントくらいのものだろうか。

「二人の唯一《ゆいいつ》の息子《むすこ》である主人も亡《な》くなっているし……せめて優子《ゆうこ》さんがご存命なら、もう少し詳しくお話を聞けたでしょうけど」

曾祖父は戦死しているし、祖父は春夜が産まれる前に亡くなっている。優子さんとは、曾祖父の妹……だったか？

「二人は、実の姉妹《しまい》のように仲良しだったそうよ。優子さんの手助けがあったから、華子さんも異国で忘れ形見である一人息子を育てられたのでしょうね」

「そっか……ひいお祖父ちゃんは、お祖父ちゃんが産まれてすぐくらいに、亡くなっているんだったよね」

夢見るような表情で、「もうすぐ将胤さんがお迎《むか》えに来てくださる」と語っていた曾祖母を思い出す。

優子さんもとうに亡くなっているし、曾祖母と長く一緒に暮らしていた祖母にわからないのであれば、これ以上のことは知り得ないだろう。

どんな経緯《いきさつ》があって、曾祖母が異国から曾祖父に嫁《とつ》いできたのか……結局、知ることはできなかった。

「でも、鎖国状態だった華子さんのお国は、確か十年くらい前に開国しているのよね。ニュースで見たわ」

「あ、それはおれも知ってる。ただ、そこに行くのは簡単じゃなさそうなんだよね。旅費も心《こころ》許《もと》ない」

「……華子さんのお国に春夜が行くのなら、わずかばかりでも援助《えんじょ》しましょう」

何気なくつぶやいた言葉に、祖母が思いがけないことを言い出してギョッとする。

思わず顔を見ると、真摯《しんし》な瞳《ひとみ》で春夜を見詰《みつ》め返してきた。

「きっと、本心では帰りたかったと思うの。私たちの前ではなにも言わなかったし、素振《そぶ》りも見せなかったけれど……。可愛がっていた春夜が祖国に行ってくれるのなら、すごく喜ばれると思うわ」

「そうね。お父さんにも相談してみたら？　今なら時間もあるし……気分転換《てんかん》にもなるんじゃないの？」

意外なことに、母親も祖母の案に同意する。

金銭援助を期待してつぶやいたわけではなかったのに、予想外の展開だ。

咄嗟《とっさ》になにも言えずにいると、母親が話を取り纏《まと》めてしまった。

「そうしましょう。今夜は家族会議ね」

啞然《あぜん》とする春夜の頭上で、ユニが『よき展開だ。やったなハルヤ！』とテンション高く喜んでいる。

それほど簡単に甘えてしまって、いいのだろうか。

……曾祖母《そうそぼ》の願いを叶《かな》えるためだと思えば、父親に「お願いします」と頭を下げるべきかもしれない。

ユニや母親の言う通り、今の春夜には持て余すほどたっぷり時間があるのだから。

《二》

飛行機を乗り換《か》えること、三回。時差もあって正確にはわからないが、日本を発《た》ってから二十時間以上は経《た》っているだろうか。

花の雨を意味するという美しい国名の『フロス・プルヴィア』は、地理的には中央アジアよりも東欧《とうおう》に近い、要塞《ようさい》のように周囲を囲む山岳《さんがく》地帯の狭間《はざま》に立地する。

険しい連峰《れんぽう》に護《まも》られ、中立と鎖国を宣言した第二次世界大戦前からほんの十年ほど前までは、外国から容易に訪《おとず》れることのできない国だった。

かつて、シルクロードの通過点……メイン回廊《かいろう》からは少し外れていたとはいえ、東西の人や物が行き来する中間地点にあるため、人種や生活様式等が複雑に入り混じっているらしい。

開国から十年が経つとはいえ、外部へ出ている情報はあまり多くない。春夜が、日本で事前に仕入れることのできた知識は、それくらいだ。

門戸が開放されたとはいえ、現在でも外国人が気軽に訪れることはできない。春夜が予想外にあっさり入国ビザを手にすることができたのは、曾祖母がこの国の出身者だからという理由だろうか。

疲労困憊《ひろうこんぱい》の末、ようやく『フロス・プルヴィア』に辿《たど》り着いたのに……春夜は達成感や高揚《こうよう》感《かん》に包まれるでもなく、沈《しず》み込んでいた。

「気持ち悪い……」

ベンチに座り込んだと同時にポツリと零《こぼ》し、頭を抱《かか》える。

頭痛、眩暈《めまい》、胃の気持ち悪さ……典型的な乗り物酔《よ》いの症状《しょうじょう》だ。

春夜に降りかかっている不運と困難は、これだけではない。現況《げんきょう》を思えば、もう一つのほうが深刻だ。

「大ばあちゃまのペンダントを、身に着けておいたことだけは幸いだったけど……ほぼ手ぶらって、ヤバいよなぁ」

命綱《いのちづな》とも言えるスマートフォンは充電《じゅうでん》切れでまったく頼《たよ》りにならず、モバイルバッテリーを手荷物としてバッグに入れておかなかったことを後悔《こうかい》した。

それも、今となっては後の祭りだ。どうすることもできず身を小さくしている春夜の耳元で、真逆のテンションの声が響《ひび》く。

『ふぁぁぁ……全身で感じるぞ。懐《なつ》かしい空気の匂《にお》い。ついに我が故郷《ふるさと》へやって来た！』

物質的な重量は感じないが、右肩《みぎかた》の上で、ぴょんぴょんと飛び跳《は》ねている気配が伝わってくる。

薄《うす》く目を開くと、忙《せわ》しなく上下するソフトボールサイズの白い影《かげ》が視界の端《はし》に映った。ユニコーンにはペガサスと違《ちが》って翼《つばさ》はないのだが、自由自在に飛び回ることも可能だ。ユニに物理的な常識が通用しないのは、今に始まったことではない。

「ユニ、お願いだから少し落ち着いて。眩暈が……」

『落ち着いていられるものか！　あああ、力が身体中に漲《みなぎ》るようだ』

春夜の訴《うった》えを無視して、今度は頭上でぐるぐると旋回《せんかい》を始めた。落ち着かせることを諦《あきら》めた春夜は、「馬耳東風……って、このことか」と大きなため息を吐《つ》く。

それに、浮《う》かれ切っているユニを窘《たしな》めたところで、現在の差し迫《せま》った状況《じょうきょう》が改善するわけではない。

「うぅ……どうしよう」

「どうしたの？」

力なくつぶやいた直後、力なく俯《うつむ》く春夜の頭上から男の声が落ちてきた。

時おり流れる異国語のアナウンスを聞き間違《まちが》えたのかと思った春夜は、身動ぎもせず瞬《まばた》きを繰《く》り返す。

低く、耳に心地《ここち》いいその声は、理解しようという努力の必要がない馴染《なじ》みのある言語だったからだ。

まさか、ここで、日本語で話しかけられることはないはず。でも、空耳にしてはきちんとした日本語だったような……？

事前に仕入れた知識だと、『フロス・プルヴィア』の公用語は、ラテン語をベースに独自に進化したもののはずだ。

開国からの十年で国際化が進んだことにより、幼児期から英語教育も取り入れられているそうだから、外国人を見かけて英語で話しかけてくることはあるかもしれないが……日本語は考えられない。

戸惑《とまど》いの中、顔を上げることもできず固まっていると、もう一度同じ声が耳に流れ込んでくる。

「大丈夫《だいじょうぶ》？」

今度は、聞き間違いではないと断言できる。確実に日本語だ。

「え……っと……？」

のろのろ顔を上げた春夜は、目前に立つ人物を目にして言葉を失った。

大きなガラス窓から差し込む夕暮れ間近の日光を浴び、その人は比喩《ひゆ》ではなくキラキラと輝《かがや》いていたのだ。

額にかかるサラサラの髪《かみ》は、淡《あわ》く透《す》けるプラチナブロンド。背中を屈《かが》めて心配そうに春夜を見下ろす瞳は、厳冬の澄《す》んだ湖を思わせるアイスブルー。スッと通った鼻筋に、淡い桃色《ももいろ》の形のいい唇《くちびる》。

美人、の一言が頭に浮かんだ。男女の別など、大した問題ではない。ここまで完璧《かんぺき》な『美』

を体現した人間を、初めて目にした。

目を見開いて啞然としている春夜に、その青年は心配そうに表情を曇《くも》らせて更《さら》に背中を屈めて顔を寄せてくる。

「あれ？　僕の言葉、通じていない？　日本語だと思ったんだけど……」

「……にほんご」

ぼんやり返した春夜の一言のほうが、明らかに母国語を口にしているのではないその人よりずっと拙《つたな》い日本語だった。

けれど彼は、春夜が反応したことで安堵《あんど》したらしい。曇らせていた表情をふっと緩《ゆる》めて、言葉を続ける。

「よかった。……困り事？　ここで日本の人を見ることはまずないから、驚《おどろ》いた」

「あ……そうだ。どうしよう……荷物」

困り事かと尋《たず》ねられたことで、切羽《せっぱ》詰《つ》まった状況を思い出す。

山岳地帯の風に煽《あお》られたのか、着陸直前に酷《ひど》く揺《ゆ》れた小型飛行機が原因の乗り物酔いの症状は、かなり改善している。それよりも深刻な問題は、飛行機に預けた荷物の受け取り場で突《つ》きつけられたあのことだ。

「スーツケース……行方《ゆくえ》不明になったみたいで、おれの持ち物、今これだけで……」

斜《なな》め掛《が》けにした小さなボディバッグを指差して見せた春夜に、青年は再び表情を曇らせた。

小首を傾《かし》げ、わずかに思案する素振《そぶ》りを見せて、春夜の頭にポンと手を置く。

「わかった。少し待って」

そう言い残して背中を向けた青年は、背後にいた焦《こ》げ茶色の髪の青年に短く言葉をかけて、先ほど春夜を絶望の淵《ふち》に突き落とした航空会社のカウンターを指差す。

うなずいた焦げ茶色の髪の青年は、チラリと春夜に視線を送ってカウンターへと向かった。

「荷物の追跡《ついせき》指示と、見つかった時の対応を確認《かくにん》しているから安心して」

「あ、ありがとうございます」

春夜の拙い英語では、カウンターに立つ係員と詳《くわ》しいやり取りができなかったのだ。麗《うるわ》しい外見との相乗効果で、大袈裟《おおげさ》ではなく青年の背に天使の羽が見える。

ほんの少し冷静になったことで、青年の服装が特殊《とくしゅ》なものであることに気が付いた。

「あの、パイロットさんですか？」

白を基調としたかっちりとした制服は、空港でしか目にしないものだが……パイロットの着用するものだとしか思えない。

今までは、とんでもなく優美な容貌《ようぼう》に気を取られていて青年の服装にまで意識が向かなかったのだ。

おずおずと問いかけた春夜に、青年はふわりと微笑《ほほえ》んで曖昧《あいまい》にうなずく。

「専門ではないけどね。航空機免許《めんきょ》を持っているから、人手が足りない時にだけ駆《か》り出されるんだ。開国からさほど経《た》っていないこの国では、操縦士の数がまだ多くないから、できる人間ができることをしている」

すらすらと説明して笑った青年は、幼少時に二人の姉が読み聞かせてくれた絵本に描《えが》かれていた王子様そのものだった。

まるで、王子様がパイロットのコスプレをしているような……どう表現すれば的確なのかわからないが、なんとも豪華《ごうか》というか贅沢《ぜいたく》な光景だ。

眼福、という一言が頭に浮かぶ。

『ハル、ハル！』

頭の脇《わき》で話しかけてくるユニを、少し黙《だま》っているようにと手で制して青年を見上げた。

なにやら訴えてくるユニを、申し訳ないが完全無視する。

ユニの姿は、春夜にしか見えない。当然、声を聞くことができるのも春夜だけだ。ここでユニと会話をしていたら、春夜がものすごく変な人になってしまう。

「…………」

カウンターのところから戻《もど》ってきた焦げ茶色の髪の青年が、そっとキラキラの青年に声をかけた。

「ああ、話が終わったみたいだ」

振《ふ》り向いた彼が、ぽつぽつと言葉を交《か》わす。焦げ茶色の髪の青年がなにか言うのに軽く首を左右に振り、春夜に向き直った。

「スーツケースは、どうやら中継《ちゅうけい》した空港のどこかで迷子になっているみたいだ。見つかり次《し》第《だい》、こちらに輸送してもらえるよう手続きをしておいた。僕のところに連絡《れんらく》が来るから、それまでうちに滞在《たいざい》したらいい」

言葉の終わりと同時に自然な仕草で右手を差し出されて、その意味を解することのできない春夜はポカンと目を見開く。

動くことができずにいると、心配そうに顔を覗《のぞ》き込まれた。

「顔色がよくないな。具合が悪い？　立ち上がれないなら、抱《だ》いて……」

「い、いえっ。立てます。立ちます！」

軽く眉《まゆ》を顰《ひそ》めた青年に今度は両手を差し伸《の》べられて、慌《あわ》てて腰《こし》かけていたベンチから立ち上がった。

その直後、迂闊《うかつ》な行動を悔《く》やむ。耳鳴りと共に目の前が真っ黒に塗《ぬ》り潰《つぶ》されて、膝《ひざ》の力が抜《ぬ》けた。

立ち眩《くら》み……と倒《たお》れる覚悟《かくご》をして、衝撃《しょうげき》に備える。

「っ！」

けれど、硬《かた》い床《ゆか》に倒れ込むはずだった春夜の身体《からだ》は、想定外のやわらかなものに受け止められている。

「あ……れ？」

固く閉じた目を開いた春夜の目の前には、真っ白な布に金のボタンが。背中を支えられていることに気づいて、ゆっくり顔を上げた。

「危なかった。大丈夫？」

至近距離《きょり》でアイスブルーの瞳《ひとみ》と目が合い、心臓がギュッと竦《すく》み上がった。キラキラの青年が抱《だ》き留めてくれたのだと察した瞬間《しゅんかん》、春夜の頭には何故《なぜ》か「畏《おそ》れ多い」という一言が浮《う》かび上がる。

「ひぇ……っ、大丈夫です。すみません。ありがと、ございました」

慌てて青年の腕《うで》から抜け出して距離を取り、頭を下げた。顔を上げてゆっくり仰《あお》いだ彼の顔は、百六十五センチの春夜のはるか頭上にある。

きっと、百八十センチ台の……後半はある長身だ。当然腰《こし》の位置も高く、足の長さがとんでもない。並んだ春夜など、悩《なや》みの種でもある童顔も相俟《あいま》って子どもに見えているだろう。

心臓が、バクバクと激しく脈打っている。自分が、老若男女《ろうにやくなんによ》問わず俗《ぞく》にいう面食いだという自覚はあったけれど、これまで生きてきた中でも最上級の美形と密着したことで顔面が熱くなった。

あたふたとする春夜は挙動不審《ふしん》なはずなのに、青年は柔和《にゆうわ》な笑《え》みを崩《くず》すことなく「間に合ってよかった」と軽く腕を振った。

「先ほどの続きだけど、荷物がなければ困るだろう？　余っている部屋を提供するから、スーツケースが見つかるまでうちに来ればいい。それとも、ここに誰《だれ》か頼《たよ》れる人がいる？」

「……いません」

ボディバッグに入っているのは、わずかばかりの日本円とパスポート、充電《じゅうでん》切れのスマートフォンだけだ。

この国に頼れる人はいないし、滞在する予定だった宿泊施設《しゅくはくしせつ》の連絡先やらガイドブックは、スーツケースに仕舞《しま》い込んである。スマートフォンにも記録してあるが、今は役に立ってくれない。

ここで、この人に頼らなければ、初めて訪《おとず》れた国の空港から一歩も動けないのではと血の気が引いた。空港内にいられればまだマシで、もし出て行くように求められれば、路頭に迷うことになる。

日本を出発する直前、空港のゲートまで送ってくれた二人の姉の言葉が頭の中をぐるぐると駆け巡《めぐ》った。

『あんたは頭がふわふわしているんだから、心配だわ。慎重《しんちょう》すぎるくらい慎重にね。大切な荷物は肌身《はだみ》離《はな》さず！』

『能天気っていうか、楽天的っていうか……変なところで大胆《だいたん》なんだから、心配だわぁ。人懐《ひとなつ》っこいのは春夜のいいところだけど、知らない人について行っちゃダメよ』

それらに反論した自分の台詞《せりふ》も、忘れていない。

上の姉には、『頭っていうか、髪《かみ》がふわふわしているのは天パだから仕方ないだろ。頭の中身は、そんなにふわふわしてないからな』と唇《くちびる》を尖《とが》らせ、下の姉には『能天気で悪かったな。家系だよ。だいたい、知らない人について行くなって二十二の男への注意じゃないだろ。子どもじゃないんだから』と胸を張ったのだ。

今の状況《じょうきょう》は……姉二人の懸念《けねん》が、すべて現実のものになろうとしている。

「でも、その……知らない人にお世話になるわけには」

ここで、ではお願いしますと彼について行くのはよろしくないということは、楽天的だと自他ともに認める春夜でもわかっている。

躊躇《ためら》いを見せた春夜に、キラキラの青年は「そうだ」と目を瞬《しばた》かせた。

「まだ名乗っていなかったか。僕は、アストラ・シルヴァ……ええと、アストラでいい。きみは？」

「松澤……春夜」

「ハルヤ。いい名前だ。これで、知らない人ではないだろう？」

ふふっと笑った彼につられて、「はい」とうなずきそうになってしまった。

強引《ごういん》というほどではないが、妙《みょう》な誘引《ゆういん》力がある。万が一この人が誘拐《ゆうかい》犯なら、姉曰《いわ》く『ちょろい』春夜などひとたまりもない。

どうしよう……と視線を空中に彷徨《さまよ》わせると、意識の外に追い出していたユニが視界に割り込んできた。

『ハルヤ！　聞け。この方について行けばいい。心配無用だ』

「え——……？」

言い切ったな、とユニに向かってそっと眉根《まゆね》を寄せる。心配無用だと、自信満々に言える根《こん》拠《きょ》はなんだ。

『もしやと思ったが』

なにやら確信を持ったらしいユニは、躊躇いなくキラキラの青年の肩《かた》に飛び乗った。そして、春夜にわからない言葉でなにやら呼びかける。

なにをしているのかと怪訝《けげん》な面持《おもも》ちで見守っていると、突如《とつじょ》青年の頭上に黒い影《かげ》が現れた。

『……！』

驚愕《きょうがく》のあまり絶句して見詰《みつ》める春夜の前で、ユニが黒い影……ユニと瓜二《うりふた》つ、身体と角の色が黒い小さなユニコーンに話しかけている。

「どうかした？　ハルヤ？」

「黒い……ユニコーン」

呆然《ぼうぜん》としたまま、目に映る物をポツリとつぶやく。春夜の声はごく小さなものだったはずだが、アストラと名乗った青年は即座《そくざ》に反応した。

両手で春夜の肩を摑《つか》み、勢い込んで問いかけてくる。

「ハルヤ、きみ……ユニコーンが見えるのか？」

「あ、えーと……」

ここは、どう答えるのが正解なのだろう。ユニコーンが見えるなど、子どもの夢物語だと自分でも思う。

子どもの頃《ころ》、姉二人が「夢でも見たんでしょ」とか「角のある馬？　牛か羊の間違《まちが》いじゃない？」などと信じてくれなかったことを思い出して、口籠《くちごも》る。

けれどアストラは、真剣《しんけん》な表情で春夜の答えを待っていた。肩を摑む指は力強く、こちらを見据《みす》えるアイスブルーの瞳は真摯《しんし》な光を湛《たた》えている。

本当のことを言っても、馬鹿《ばか》にされそうな雰囲気《ふんいき》ではない。この真剣な目を見ていたら、そう信じられる。

こくんと喉《のど》を鳴らした春夜は、緊張《きんちょう》を含《ふく》んだ声でぽつんと答えた。

「見えます」

小さくうなずくと、アストラはパッと目を輝《かがや》かせた。

背後を振《ふ》り向き、気配を殺すようにして立っていた焦《こ》げ茶色の髪の青年になにかを告げて春夜の手を取る。

「ハルヤを招待しなければならない理由が、増えた。決まりだ。行こう。もうすぐ日が暮れる。

空港のロビーで、ハルヤに一夜を過ごさせるわけにはいかない」

空港のロビーで夜を過ごす、というのは春夜も避《さ》けたい。握《にぎ》られた手はあたたかく、心細さを溶《と》かしてくれるみたいで……縋《すが》りたくなる。

チラリと横目で見遣《みや》ったユニは、黒いユニコーンとじゃれ合うようにやり取りしていたけれど、春夜の視線を感じたのかこちらへ飛んできた。

『ハルヤ。その黒馬は、我が弟だ』

「ホントにっ？　えー……うー……ん」

アストラに握られた自分の右手を睨《にら》みつけて唸《うな》ったけれど、ここでの選択肢《せんたくし》は一つしかないとわかっている。

脳裏《のうり》に浮かんだ二人の姉は、『春夜ってば、知らない人について行かないって約束したでしょ』とか『警戒心《けいかいしん》を持ちなさいって』などと交互《こうご》に怒《おこ》っていたけれど、「これは緊急避難《きんきゅうひなん》だし」と言い訳をしておいてアストラを見上げた。

「ご迷惑《めいわく》でなければ、お願いします」

「迷惑であるものか。では、案内しよう」

春夜の言葉に嬉《うれ》しそうにうなずいたアストラは、焦げ茶色の髪の青年を視線で促《うなが》して歩き出した。

春夜は、その後ろをついて行きながら、本当にこれでよかったのかな……と唇を噛《か》む。

頼れる相手のいない国で、言葉の通じる人と出逢《であ》い……路頭に迷いかけたところに、宿を提供してくれるという。

ユニの言葉を信じるなら、彼自身に自覚があるのか否《いな》かは謎《なぞ》だが、『ユニの弟』という黒いユニコーンを伴《ともな》っている。

複合的に考えて、やはりここはアストラについて行く以外にはないだろう。

大丈夫《だいじょうぶ》。悪い人には見えないし、彼に春夜を誘拐するメリットなどないだろう。きっと、なんとかなる。

そう自分に言い聞かせた春夜は、姉たちの忠告を悉《ことごと》く破る罪悪感に蓋《ふた》をして、他《ほか》に利用客のない閑散《かんさん》とした空港のロビーを後にした。

《三》

事前に迎《むか》えを手配していたのか、空港を出てすぐのところに黒塗《くろぬ》りの車が停《と》まっていた。車の脇《わき》に立っている男性が、アストラに深々と頭を下げる。

後部座席のドアを開けようとした運転手を手で制して、

「どうぞ、ハルヤ」

その手でドアを開けたアストラは、当然のように春夜をエスコートしようとしてくれる。王子様のような眩《まばゆ》い外見もあって、まるで姫《ひめ》……と思えば複雑な気分だ。もしかして、実年齢《じつねんれい》より子どもだと思われているだけかもしれないが。

春夜に続いてアストラが車に乗り込むと、運転手が外から扉《とびら》を閉めた。

焦げ茶色の髪《かみ》の青年は当然のように助手席に座り、春夜は「いいのかな」と広い車内を見回す。

「…………」

短く声をかけてきた運転手にアストラが短く答えると、車は滑《すべ》るように走り出した。

空港周辺は小高い丘《おか》のようになっているらしく、振動《しんどう》をほとんど感じない乗り心地《ごこち》のいい車はなだらかな坂道をゆっくりと下っていく。

春夜は好奇心《こうきしん》が抑《おさ》えきれず、車窓にへばりつくようにして流れる風景を眺《なが》めた。

空港の近くは山林と色とりどりの花が咲《さ》く野原が広がっていたけれど、少し離《はな》れると整備された道路を多くの車が行き交《か》う大通りに出る。

片側二車線の道路沿いには、十階建てくらいのビルや集合住宅らしき建物、賑《にぎ》やかに人が出入りする商店が並んでいた。

長く鎖国《さこく》状態だったこともあり、半世紀以上前のまま経済や国民の生活が停滞《ていたい》しているのではという予想を裏切る、近代的な雰囲気だ。

「先進国の日本から来たハルヤから見て、なにが一番珍《めずら》しい？」

隣《となり》から聞こえてきたアストラの声に、ジッと見詰めていた窓から視線を離した。

いつから見ていたのか、子どもじみた行動を取る春夜を見詰めるアストラの眼差《まなざ》しは、微笑《ほほえ》ましいと言わんばかりの優《やさ》しいものだ。

「走っている車の中から見ているだけじゃ、まだよくわかりません。今のところ、別に変わったことは……」

ない、と続けようとした言葉が続けられなかったのは、車が曲がった先にある建物が目に飛び込んできたせいだ。

しかも、春夜たちを乗せた黒い車はゆっくりと開かれた巨大《きょだい》な門の中へと進んでいく。

「あの……ここ、アストラさんの、家？」

「ああ。敷地《しきち》の端《はし》にある、小さい建物だけどね」

おずおずと尋《たず》ねた春夜に、笑って答えたアストラに質問を続けることはできなかった。目の前に聳《そび》える複数の建物に、圧倒《あっとう》されていたせいだ。

これは……一般《いっぱん》的な『家』と呼んでいい建造物ではない。お屋敷《やしき》……いや、城とか宮殿《きゅうでん》とか、その手の呼称《こしょう》が当てはまるものだ。

正面のひときわ目立つ建物の前を通り過ぎ、アストラが端と言った奥へと進む。ようやく車が停まったのは、春夜が言葉を失った巨大建造物よりは幾分《いくぶん》小ぢんまりとしていながら、やはり宮殿と呼ぶしかない建物の玄関《げんかん》ポーチ部分だった。

「着いたよ。……ハルヤ？」

玄関先に控《ひか》えていた男性がドアを開き、先に車を降りたアストラが、シートから動くことのできない春夜を覗《のぞ》き込んで不思議そうに呼びかけてくる。

きっとアストラの出迎《でむか》えのために並んでいる人たちも、乏《とぼ》しい春夜の言葉では『使用人？』とか『警備兵？』とか『従者？』など……疑問符《ぎもんふ》のつく表現しかできない装いと立ち居振る舞《いふま》いだ。

「怖《こわ》くないから、おいで」

やはり、子どもだと思われているのでは？　という疑惑《ぎわく》が頭を過《よぎ》る。

相手が姉たちや友人で、普段《ふだん》の春夜なら「子ども扱《あつか》いするな」と反発する。けれど、この場でアストラ相手にできることは、無言でうなずいて差し出された手を取ることのみだった。

着替《きが》えてくるから少しだけここで待っていて、と通された一室は応接室のようだ。

家具というよりも調度品と呼ぶべきソファセットやチェスト、豪奢《ごうしゃ》な刺繍《ししゅう》の施《ほどこ》されたカーテンにふかふかの絨毯《じゅうたん》……と非現実的な空間に置かれた庶民《しょみん》の春夜は、腰《こし》かけたソファから動けない。

でも、廊下《ろうか》には人がいるかもしれないが室内で一人きりになったのは幸いだ。

「……ユニ」

小声で呼びかけると、すぐさま『はいよ』と返答があり、目の前に小さなユニコーンが姿を現した。

「なんで、今まで出てこなかったわけ？」

『ハルが、黙《だま》ってろと言うからだ』

「そうだけど、あー……邪険《じゃけん》にして、ごめん。さっきの、黒いユニが弟って本当？　アストラって人に憑《つ》いてるってことでいい？」

『無視しておいて、質問攻《しつもんぜ》めか』

勢い込んで質問をした春夜に、肩《かた》にとまったユニは頰《ほお》を角でつついてくる。

重さをほとんど感じないのと同じく、角でつつかれても痛くはない。ただ、なんともないわけではなく、少しくすぐったい。

『あやつは力が枯渇《こかつ》しかけているらしく、長くは話せなかった。でも、弟であることは間違《まちが》いない。宿っているのは、あのお方が身に着けている耳飾《みみかざ》りだ』

「この、ペンダントと同じく……アストラの耳飾りが黒いユニの角ってこと?」

服の内側、首にかけているペンダントを布越《ご》しに指差す。

曾祖母《そうそぼ》から譲《ゆず》り受けた真珠《しんじゅ》色のペンダントは、ユニの角だ。そのことから推測すると、アストラの耳飾りがユニの弟だという黒いユニコーンの角なのは納得《なっとく》できる。

アストラの耳飾り……?　と思い浮《う》かべようとしても、装飾《そうしょく》品を身に着けていたかどうかさえ思い出せない。

あまりにもキラキラとした美貌《びぼう》に気を取られていたせいで、パイロットの制服姿だったということしか印象に残っていなかった。

『そうだ』

ユニが答えたと同時に、部屋の扉が開かれた。白い制服から私服に着替えたアストラは、更《さら》に王子様という表現がピッタリの雰囲気《ふんいき》だった。

深い紺《こん》の服には、襟元《えりもと》と袖口《そでぐち》に繊細《せんさい》な刺繡が施されている。パンツの裾《すそ》にも同じく刺繡が見えるので、曾祖母がレース編みを得意としていたことを思えば豪奢なレースや細かな刺繡が、この国の伝統的な技能なのかもしれない。

大股《おおまた》で部屋を横切ったアストラは、何故《なぜ》か春夜のすぐ隣に腰を下ろす。ソファはゆったりとしているので窮屈《きゅうくつ》ではないが、心理的な圧迫感《あっぱくかん》に襲《おそ》われる。

「待たせてごめん。退屈《たいくつ》じゃなかった？」

気遣《きづか》ってくれるアストラに、ユニと話していたから大丈夫……とは言えず、無言で首を横に振《ふ》った。

空港でも傍《そば》にいた焦《こ》げ茶色の髪の青年が、銀のトレイに載《の》った茶器セットと同じく銀色のプレートをテーブルに置き、静かに部屋を出て行った。

アストラが、プレートを手で指す。

「お腹が空《す》いていない？　お菓子《かし》をどうぞ。お茶は、たぶんハルヤでも飲みやすい紅茶だから安心して」

「……お気遣い、どうも」

春夜が手に取りやすいようにか、アストラは自分が先に焼き菓子を手にして一口齧《かじ》り、「美《お》味《い》しいよ」と笑いかけてくる。

正直に言えば、空腹だ。そして、湯気を立てる紅茶はいい匂《にお》いで焼き菓子は美味しそうで…

……欲望に負けた。

脳内で「春夜、知らない人にお菓子をもらわないの！」と騒《さわ》ぐ姉たちを追い出して、

「いただきます」

と、クッキーに似た焼き菓子を摘《つ》まむ。

さっくりとした食感に、バターと卵の風味が舌に広がる。

幼い頃《ころ》、何度か曾祖母が作ってくれたお菓子に似ているのは、偶然《ぐうぜん》ではないだろう。懐《なつ》かしくて、美味しい。

「美味しいです」

「よかった。……さっそくだけど、ハルヤはユニコーンが見えるんだよね？」

聞きたくてうずうずしていたと言わんばかりに切り出され、紅茶を一口含《ふく》んだところだった春夜はコクンと飲み込みながらうなずいた。

「アストラさんは、その……耳飾り……に」

ユニから聞いた、『弟』を宿しているというアストラの装飾品を確かめようと、そろりと隣《となり》に目を向ける。

黒い耳飾りは……アストラの耳朶《じだ》にある引っ掛《か》けるタイプのピアスで間違いないだろう。

艶々《つやつや》の黒い雫《しずく》型のピアスは、オニキスにも見える。

ジッと凝視《ぎょうし》する春夜の視線の先で、黒いピアスがわずかに揺《ゆ》れた。

「アストラでいい。うん、この耳飾りに宿っていた……今もいるはずだけど、僕は姿が見えなくなっちゃったからなぁ。意思疎通《いしそつう》もできない」

のんびりと笑うアストラの言葉を頭の中で復唱して、無意識に目を細めた。

ユニコーンが見えなくなった。意思疎通もできない。

それの意味するところは、きっと……。

「……ヤリマシタね」

ボソッと口にした春夜に、アストラは一瞬《いっしゅん》目を瞠《みは》って「ククク」と肩を震《ふる》わせた。

「ふっ……ははは、ストレートだね。まぁ……妨害《ぼうがい》はされたけど」

やはり。春夜はファーストキスの機会でさえユニに邪魔《じゃま》をされて逃《のが》し、以来その手のことに縁遠《えんどお》くなったというのに、アストラはきっちりコトを完遂《かんすい》したらしい。

つまりアストラは、ユニの言う『清いカラダ』でなくなったせいで、ユニコーンの姿は見えないし意思疎通もできなくなったのだ。

『あぁ……やはり。純潔を保つことは、それほど困難か？』

嘆《なげ》くユニに、春夜は心の中で「おれも、好きで清らかなわけじゃないけど」と言い返す。

ユニに妨害されて出鼻《ではな》を挫《くじ》かれていなければ、それなりに経験を重ねていたはずだ。……たぶん。

「ハルヤが身に着けている、ユニコーンの装飾はなに？」

「あ、これです」

シャツの内側から銀色のチェーンを引っ張り出して、ジェリービーンズ形のペンダントをアストラに示した。

身を乗り出してきたアストラは、春夜の首元を真顔でジッと見つめている。

「これを、どこでどう手に入れたのか聞いていい？」

「曾祖母、ってわかりますか？　おれの母親の、父親の、更にその母親から……子どもの頃に亡《な》くなったけど、生前譲り受けたんです」

違和感《いわかん》のない発音で日本語を巧《たく》みに操る人でも、曾祖母という単語は理解できるかどうかわからないと思い、事細かに説明する。

アストラは、「うん、わかるよ」とうなずいて、真剣《しんけん》な表情のままペンダントを指先で軽くつついた。

「その、おばあ様の持ち物だった、ということか」

「そうです。この国の出身だそうですけど、詳《くわ》しいことは知りません。国交を閉ざす前に、曾《そう》祖父《そふ》に嫁《とつ》いで日本に来たということしか……」

春夜の言葉を小さくうなずきながら聞いていたアストラは、「このペンダントを所有する、女性か」とほんの少し目を細める。

アストラがペンダントに触《ふ》れていると、ユニがふさふさの尻尾《しっぽ》を振ってなにやら感慨《かんがい》深そうに零《こぼ》していた。

『んー……血が濃《こ》く、心地《ここち》よい気だ。が、惜《お》しむらくは純潔を失ったことか……』

「なんか、惜しまれてますけど」

ユニの台詞《せりふ》をアストラに伝えると、不思議そうに「ん？」と首を傾《かし》げられた。

「ペンダントに憑いてるユニコーン……ユニが」

純潔を失ったことを残念がっているのはわかるが、血が濃い、とはどういう意味だろう。

アストラとユニのあいだに挟《はさ》まれた春夜は、わからないことばかりだと頭を抱《かか》えたくなった。

「聞きたいことがいくつもあって、どこからどう聞けばいいのか……。この、宮殿《きゅうでん》みたいな家も謎《なぞ》だし、なんで、見ず知らずのおれを助けてくれたのかも……あっ、日本語がやけに上手なのも不思議だけど」

順番に質問をするべきだと思うけれど、頭の中が混乱していてきちんと順序立てて話をすることができない。

パニックに弱いのは自分でも情けないと思うが、この国に着いてから予定外や予想外なことの連続なのだ。

自分でも収拾《しゅうしゅう》がつかなくなって視線を泳がせていると、アストラにギュッと手を握《にぎ》られた。

「落ち着いて。ハルヤの疑問は、一つずつゆっくり説明してあげるから」

「……お願いします」

最初から感じていたことだが、スキンシップ過多というか……いちいち距離《きょり》が近い。親しくない人とベタベタ触れ合う文化で育っていない春夜は戸惑《とまど》うが、この国の人は習慣的にこうなのかと思えば、「離《はな》してください」とも言えない。

困惑《こんわく》しつつ握られた手に視線を落としていると、手を握られていることなどどうでもいいと頭から吹《ふ》き飛ぶような、爆弾《ばくだん》発言が降ってきた。

「まずは、宮殿みたいな家……か。ここは離宮《りきゅう》だけどね。僕は、フロス・プルヴィアの第三王子だから」

「は……王子様ぁっ？」

驚愕《きょうがく》の声を発すると同時に、勢いよく顔を上げた春夜と目が合ったアストラは、にっこりと笑いかけてくる。

キラキラ……後光が差すような、直視できないくらい眩《まばゆ》い笑顔《えがお》だ。

「皇太子ならともかく第三王子なんて大した身分ではない。一般《いっぱん》国民と変わらないよ。王族としての責任は果たすつもりだけど、全然偉《えら》くないから身構えないでほしいな」

「いやいやいや……無理です。おうじさま……」

首を横に振《ふ》りながら、ぎこちなく笑みを返す。庶民《しょみん》の春夜にとって、目の前の『王子様』はいろんな意味であまりにも眩《まぶ》しい。

無意識に距離を取ろうと、じりじり身体《からだ》を引く春夜に気分を害したのか、アストラはわずか

に眉根《まゆね》を寄せる。そして、春夜の肩《かた》に手を回して抱《だ》き寄せるという強引《ごういん》な手段で、ますます密着してきた。

「その言葉遣《ことばづか》いも、気に入らないな。友人と思い、もっと気楽に接してくれないかな」

「無理……かな」

数時間前に逢《あ》ったばかりの人で、王子様という身分だと知ってしまった。いくら春夜が人懐《ひとなつ》っこいと言われていても、友人だなどと図々《ずうずう》しいことを思えるわけがない。

すると、アストラはますます表情を曇《くも》らせた。

「せっかく、久し振《ぶ》りに日本語で話すことができて喜んでいるのに……。僕が日本語を習うきっかけは、乳母《うば》が日本人だったからだ」

「乳母？　この国に、日本の女の人がいたってことですか？」

驚《おどろ》いて聞き返した春夜を、チラリと横目で見遣《みや》り、

「言葉遣いを改めないと、続きは話さない」

それだけ口にして、ふいっと顔を背《そむ》けるあたり……意外と大人げない。

怒《おこ》るのではなく拗《す》ねられてしまっては、強固に丁寧《ていねい》な言葉遣いを続けようという気が削《そ》がれてしまう。

仕方がない。王子相手に不敬だと誰《だれ》かに咎《とが》められたら、アストラ自身に懇願《こんがん》されたからだと本人に全責任を被《かぶ》ってもらおう……と小さく息をついて、尋《たず》ね直した。

「アストラの乳母は、日本人だったの？」

拗ねたふりをしていただけだったのでは、と疑いたくなるほど即座《そくざ》に反応したアストラは、打って変わった笑顔を向けて朗らかに説明してくれる。

「そう。八十年ほど前に、こちらの男性と婚姻《こんいん》を結んで移り住んだ女性だ。国境を封鎖《ふうさ》する際、外国出身の人たちは出国するか留《とど》まるか選べたそうだけど……彼女は、夫と共にこの国で生きることを選んだ。美しく聡明《そうめい》で思慮《しりょ》深く、慎《つつ》ましく……でも心の強い、素晴《すば》らしい女性だった。日本の言葉や歌や童話は、自然と彼女から学んだ。もちろん最近になって学び直しをしたけれど、基礎《きそ》があったおかげでそれほど困難ではなかったかな」

「おれの曾祖母《そうそぼ》と、逆のパターンかもしれない」

国を出た曾祖母とは逆に、鎖国《さこく》状態になるこの国に残ることを選択《せんたく》したという日本人女性を思い、「一途《いちず》に想《おも》いを寄せる相手がいる人は強いな」と感嘆《かんたん》の息をつく。

どちらも、二度と祖国へ戻《もど》ることが叶《かな》わないかもしれないと思えば躊躇《ためら》いもあったはずだ。それでも、覚悟《かくご》のもとで愛する人と共にいることを望んだのだろう。

「僕は生まれてすぐから、七歳まで彼女に育てられた。いつか、フロス・プルヴィアが開国したら日本へ連れて行ってあげると約束していたのだが、十年前の開国を目前にして亡くなってしまった」

淋《さび》しそうに口にして目を伏《ふ》せたアストラの気持ちが、春夜にはわかる。

別の国にいながら、不思議なくらい似た境遇《きょうぐう》の女性二人に対して、幼い春夜とアストラは同じことを考えたらしい。

本人を、祖国に帰国させてあげられなかった……約束を果たせなかったことまで同じだ。きっと、胸の奥に抱えるやるせなさも春夜とアストラには通ずるものがあるだろう。

「おれは、このペンダントだけでも故郷《ふるさと》に帰らせてあげたかったから……今、こうしてここまで来られて、嬉《うれ》しい」

アストラを見上げて、自然と頬《ほお》を緩《ゆる》める。

曾祖母は、高齢《こうれい》の自分が祖国に戻れないことをわかっていた。だから、春夜にペンダントを託《たく》した。

自分だけの力ではなく、タイミングがよかった上、祖母に両親に二組の姉夫婦といった人たちからの援助《えんじょ》も受けてだけれど、ここに来られてよかった。

途方《とほう》に暮れていた空港で手助けされ、アストラの世話になっている現状を鑑《かんが》みると、胸を張ることはできないが。

「そうだね。ハルヤのおばあ様は、喜んでくれているはずだ。……この国の出身だと言っていたけど、おばあ様の名前は？」

「……華子さん。って、日本の名前を名乗っていたし皆《みな》にも呼ばれていたから、正式な名前はわからない」

アストラの問いに、首を左右に振って答える。曾祖母が暮らしていた家に残されていたものからは、手がかりらしいものがなに一つ摑《つか》めなかったのだ。

健康保険証に記されていた名前も『華子』だったし、戸籍《こせき》も同じだ。

外交官だったという曾祖父《そうそふ》は、赴任《ふにん》していた欧州《おうしゅう》から外交特権で妻として曾祖母を伴《ともな》って帰国したらしく、戦争を挟んだ混乱期ということもあって現代では考えられないほど曖昧《あいまい》な点が多い。

耳元でユニが、

『だから、◇×☆××だと言っているだろう』

これまでも耳にしたことのある言葉を投げつけてくるけれど、やはり春夜には正確に聞き取ることができなかった。

「う……ユニはわかってるみたいだけど、おれには聞き取れないんだよね。あ、でも入国管理局に事情を話したらこの国のビザを取れたから、華子さんと曾祖父の名前で当時の裏付けが取れたのかなぁ」

そのあたりの判断がどうなっているのか、春夜には推測するしかない。

一応、曾祖母が国から持ち出した唯一《ゆいいつ》の私物であるペンダントも見せて、一生懸命《いっしょうけんめい》に事情を説明したのだが……。

「理由があるとすれば、このペンダントだろうな。国の上層部の人間なら、意味するところを

いた。

わずかに思案の表情を浮《う》かべたアストラは、春夜の首元にあるペンダントを指先で軽くつつ
「知っている」

これが、通行手形の代わりになったということか？

「ユニコーンの角で作られているのを、その人たちが知ってるってこと？　そんなに普通《ふつう》に、ファンタジーなことを信じているんだ」

「ハルヤは非現実世界の存在だと思っているだろうけど、フロス・プルヴィアでは百年ちょっと前まで目撃《もくげき》情報があったんだ。長く姿を現していないから、絶滅《ぜつめつ》したのではないかと懸念《けねん》されていた。でも……」

『人が容易に近づけない郷《さと》には、仲間がいるぞ。聖獣《せいじゅう》である我らを目にすることのできる、心身共に清らかな人間が減っただけだ』

「えーと……隠《かく》れた郷には群れがいるみたい。見えていないだけだ、って」

ユニの台詞《せりふ》を通訳すると、アストラは少しホッとした様子で微笑《びしょう》を滲《にじ》ませた。見えていないユニの姿を探してか、春夜の周りに視線を彷徨《さまよ》わせて口を開く。

「国の象徴《しょうちょう》であり、大切な守護でもあるから……現在でも存在するということを知って、安心したよ」

『高貴な血統であることを理由に我らの角を身に着けるのを許しているのだから、きちんと保

護をしろ』

偉そうに言い放ったユニの言葉をそのまま伝えるのに躊躇い、視線を泳がせると……アストラの耳にある黒いピアスが目に留まった。

「アストラのピアスは、ユニの弟の角なんだよね。黒いユニコーンもいるんだ。ユニは、力が枯渇《こかつ》しかかっているって言ってたけど……」

「ああ……ユニコーンは黒か白のはずだ。運命の絆《きずな》で結ばれた恋人《こいびと》たちがユニコーンに逢うと、月明かりを浴びた角が虹色《にじいろ》に輝《かがや》く……という言い伝えがある。僕が心から愛し合える相手と出《で》逢《あ》えないのは、清らかさを手放したことに対する罰《ばち》が当たったのかな」

「罰が当たる……って」

アストラは真顔だったけれど、春夜はクスリと笑ってしまった。外国だと「呪《のろ》いが」などと言い出しそうなのに、罰という概念《がいねん》はなんだか日本的な考え方だ。

疑っていたわけではないが、乳母《うば》が日本人だったというアストラの言葉がスッと心に落ちて納得《なっとく》できる。幼少期に乳母という人から、「罰が当たりますよ」と叱《しか》られたことがあるに違《ちが》いない。

「出逢いを諦《あきら》めるのは、早いんじゃないかなぁ。もしかしたら、五年後とか十年後とかに運命の人と巡《めぐ》り会えるかもしれないのに」

アストラの正確な年齢《ねんれい》は聞いていないが、たぶん二十代後半だろう。

まだ出逢えていないだけなのではないかと口にすると、ふとなにかを思いついたかのようにこちらへ顔を向けた。

「ハルヤ」

「は、はい？」

突如《とつじょ》、両肩《りょうかた》を掴まれて身体《からだ》の向きを変えられた。

ソファに腰《こし》かけたまま向かい合う体勢となり、間近に迫《せま》ってきた端整《たんせい》な顔にドクンと心臓が大きく脈打つ。

アイスブルーの瞳《ひとみ》は曾祖母と似ているけれど、アストラのほうが少しだけ濃《こ》い蒼《あお》かもしれない。

睫毛《まつげ》など、専用美容液だったりマスカラだったりと、懸命《けんめい》な努力で存在を際立たせようとしている姉たちが歯ぎしりして嫉妬《しっと》しそうなほど、バサバサに長い。

「僕と一緒《いっしょ》に、ユニコーンの郷を探してもらえないか」

「……えっ」

唐突《とうとつ》な一言に驚《おどろ》いた春夜は、至近距離《きょり》の美貌《びぼう》に見惚《みほ》れていたことも忘れてポカンと目を見開いた。

咄嗟《とっさ》に反応できない春夜に代わり、ユニが『それがいい！』と色めき立つ。

『その耳飾《みみかざ》りを聖なる泉に浸《ひた》せば、枯渇しかけた弟の力も甦《よみがえ》るはずだ。我も久々に仲間たちに逢いたいことだし、ハルヤ……我らの郷を訪《おとず》れろ』

「そんな簡単に、辿《たど》り着ける場所？　ユニが案内してくれるのか？」

『……できん。場所は忘れた。長く国を離《はな》れているあいだに、我の力も弱くなり……本体も深い眠《ねむ》りについているはずだ』

「ユニの本体は、冬眠《とうみん》状態ってこと？　忘れた……って、役に立たないナビだな」

そうか。ここにいるユニは、自身の角で作られたペンダントに憑《つ》いた、生霊《いきりょう》のようなものなのか。

郷を訪れろと言いながら場所がわからないというユニに、めちゃくちゃな要求だなと嘆息《たんそく》する。

『それを、ハルヤがなんとかするのだ。王族がいるのだから、心強いだろう。弟を弱らせている責任を取らせるのだ』

「心強いのは、確かだけど……なんとか、って丸投げかよ」

春夜とユニのやり取りは聞こえていないはずだが、アストラは無言で春夜が自分に答えるのを待っている。

大きなため息をついて、ユニからアストラに視線を移した。

「ユニは、アストラと同じことを言ってる。郷を訪れて、ピアスを聖なる泉に浸せば力が戻《もど》る……って」

「そうか。彼らと意思疎通《いしそつう》ができるハルヤも、共に行くだろう？」

誘《さそ》いのようだけれど、違う。これは、決定事項《じこう》の確認《かくにん》だ。

断る理由はないし……ユニコーンの郷というものに興味はある。

ユニの言う通り、王族のアストラが一緒なら、外国人は立ち入り禁止だとか制限されることもなさそうだ。

「……わかった。ユニの郷を、一緒に探す」

こくんとうなずいて見せると、アストラはパッと破顔して自然な仕草で春夜を腕《うで》の中に抱《だ》き寄せた。

やはり、スキンシップ過多だ……と畏《おそ》れ多さに身体を強張《こわば》らせる。顔を埋《うず》めた胸元《むなもと》からいい匂《にお》いがするのは、お香《こう》か香水だろうか。

「よかった。ありがとう。その代わりというわけではないが、ハルヤのおばあ様についてはこちらで調べておこう。もちろん、衣食住についても手配するから心配しなくていい」

「こっ、こちらこそ、なにかとありがとうございます」

春夜にとっては、願ってもない好待遇《こうたいぐう》だ。それに、曾祖母《そうそぼ》についても調べてくれるというのだから、こちらのほうがお礼を言わなければならない。

そろそろ、離してくれないかな……と身体を引きかけても、アストラは楽し気に「ハルヤは小さくて抱き心地《ごこち》がいいな」などと、のん気に笑っている。

「小さい、って褒《ほ》めてない。おれ、子どもっぽく見えてるかもしれないけど、二十二歳ですからねっ」

「二十二歳？　……二十九歳になった僕よりは、可愛《かわい》くても当然だ」

春夜の年齢を意外そうな響《ひび》きで復唱したアストラは、誤魔化《ごまか》すようにコホンと咳払《せきばら》いをしてフォローらしい言葉を続けた。

そのあいだも、抱擁《ほうよう》を解く気配はない。

ユニが、

『仲を深めるのはよいが、純潔は守るのだぞ。聞いているかっ？』

なにやらジタバタしながら口うるさく言っているけれど、耳の奥で響く心臓の音がうるさくて春夜にはよく聞こえなかった。

アストラの腕の中、逃《に》げることも抱き返すこともできないまま解放を待って硬直《こうちょく》する春夜の頭上で、ユニが『よいか、純潔は守り通すのだ』と繰《く》り返していた。

《四》

この部屋を好きに使ってくれていいと案内された一室は、アンティーク調の家具や食器を好む母親が喜びそうな雰囲気《ふんいき》だった。

ドレープたっぷりの天蓋《てんがい》付きのベッドなど、映画の中の世界でしか知らなかった春夜は、寝《ね》転《ころ》がるのに躊躇《ためら》った。

「忘れる前に、メモっておこ」

充電器《じゅうでんき》を貸してくれたアストラのおかげで復活したスマートフォンを手にして、一日の復習をする。

母親や姉たちには、『無事に到着《とうちゃく》した。電波が不安定だから通話はできない。定期的に連絡《れんらく》するね』と一方的なテキストメッセージを送っておいた。初対面のアストラについて行ったと知られれば叱責《しっせき》されることは確実だし、アストラの身分を含《ふく》めた現状を上手《うま》く説明する自信がないので音声着信は無視させてもらう。

「ええと、まずは国についてだな」

周囲を険しい連峰《れんぽう》に囲まれた小国の『フロス・プルヴィア』は、東西の交流が盛んな時代から地理的な理由で容易に外国と行き来ができなかった。

それでも、シルクロードと呼ばれる交易路からは少し外れていたが、好奇心旺盛《こうきしんおうせい》な商人が立ち寄ったり旅人が迷い込んだりして、東西の文化や人との交流は常にあった。アジア系にゲルマン民族にスラブ民族に……と遺伝的な要素が複雑なこともあってか、地域全般《ぜんぱん》に美形が多い。

火山帯の地熱による温暖な気候で雨も多く、年間を通して花が咲《さ》き誇《ほこ》る。

争いに巻き込まれることを厭《いと》い、第二次世界大戦が勃発《ぼっぱつ》する直前に国境の封鎖《ふうさ》を宣言。鎖国《さこく》状態になる。以来、七十年以上に亘《わた》って外国との交流が途絶《とだ》える。開国したのは、新王に代替《だいが》わりした十年ほど前。永世中立国。まだ国交がある国は少ない。

「アストラから聞いた話だと、国土に鉱山があるので資源は豊富。地熱で発電ができる上に、近年は太陽光発電も取り入れている……と。天然ガスや天然温泉もあって、エネルギー問題とは無縁《むえん》だな。最近になって衛星中継《ちゅうけい》によるインターネット環境《かんきょう》が整ったけれど、王都の中心から離れた山間部はまだ電波が届かない所もある、か」

事前に可能な限り調べたつもりだけれど、実際に訪れてみなければわからなかったことが多々ある。空港や王宮のある都心部のみかもしれないが、少なくとも文化的には先進国に引けを取らないと思う。

あれもこれもと質問攻《しつもんぜ》めにした春夜に、アストラは面倒《めんどう》がることなく一つずつ丁寧《ていねい》に答えてくれた。

アストラと二人の兄は、開国が検討されるようになった十五年ほど前から、身分を隠《かく》して密《ひそ》かに外国へ留学していたらしい。

アストラは、ドイツとフランスに二年ずつ、イギリスには五年滞在《たいざい》して大学へ通い、複数の外国語や国際事情や政治を学んだという。自動車の運転免許《うんてんめんきょ》や航空機の操縦資格を取得したのも、その頃《ころ》だと教えてくれた。

春夜から見れば平穏《へいおん》で長閑《のどか》な箱庭のような国だけれど、数年前に鉱山から希少鉱物が発掘《はっくつ》されたことで、外国に目をつけられて侵略《しんりゃく》されるのではないかと危惧《きぐ》しているところだと複雑そうに語った。

若者を中心に、外国の文化を積極的に取り入れようという雰囲気で外国人の訪問も歓迎《かんげい》しているけど……と一旦《いったん》言葉を切って、春夜と視線を絡《から》ませた。

「けど？」

首を捻《ひね》った春夜が続きを促《うなが》すと、仕方なさそうに続きを語った。

「王族にも国民にも、特に一部の年配者の中には開国を歓迎していない人たちもいる。外国人を見ていい顔をしないかもしれないけど、気にすることないからね」

「新しいものが怖《こわ》いっていうのは、わかんなくもないから……うん。石を投げられても気にしない」

おれは平気だよ、とうなずいた春夜に、アストラは眉《まゆ》を顰《ひそ》めて「ダメだ」と否定した。

「それは怒《おこ》っていい。というより、僕がそんなことはさせない。できる限り、外では僕から離《はな》れないように」

真っ直《す》ぐに見つめてくるアイスブルーの瞳《ひとみ》は、やはり心臓によくない。ドキドキ忙《せわ》しなく鼓《こ》動《どう》を刻み、ずっと走っているみたいだ。

「思い出しただけで、動悸《どうき》が……」

胸元に手を当てて、ゆっくり深呼吸をする。

スキンシップ過多で、やたらと距離《きょり》が近いせいもある。あんなに綺麗《きれい》な顔を間近で目にしたら、同性でもドキドキして当然だろうと自分に言い訳をした。

キラキラ光を放つような美形で本物の王子様だなんて、反則だ。

創作の世界でも、あれほどステレオタイプの王子様を体現している登場人物など見たことがない。

『ハルヤ。具合でも悪いか』

「違《ちが》う。なんともない……と思う」

突然《とつぜん》視界に割り込んできたユニに、現実に引き戻してくれたおかげで動悸が治まった……と安堵《あんど》の息をつく。

「夢見る乙女《おとめ》じゃあるまいし、不気味だろ」

自分でも、アストラの傍《そば》にいると落ち着かない気分になるなど、どうかしていると思う。

きっと、あまりの美形に慣れていないせいだ。

美人も三日で見飽《みあ》きるという言葉があるのだから、そのうちなんとも感じなくなることを期待しよう。

『ハルヤ、明日に備えてもう休め』

「そうだね。さすがに疲《つか》れた」

よく考えれば、ベッドに身体《からだ》を横たえたのは三十時間ぶりくらいか。飛行機の中でも眠《ねむ》ったけれど、体勢的に熟睡《じゅくすい》はできていない。

初めての一人旅でずっと張り詰《つ》めていた気が抜《ぬ》けたのか、疲れた、と自覚した途端《とたん》に猛烈《もうれつ》な眠気《ねむけ》が襲《おそ》ってきた。

「……ユニは元気だな」

『無論。懐《なつ》かしい空気を感じるだけでも、気力が湧《わ》いてくる』

「それは……よかった」

ハイテンションなユニに答えているあいだにも、どんどん瞼《まぶた》が重くなる。

スマートフォンを左手に握《にぎ》ったまま、パタリとベッドに腕《うで》を投げ出し……照明が点《つ》いたままだな、と思ったところで意識が途切《とぎ》れた。

□□□

アストラ曰《いわ》く、かつてユニコーンの郷《さと》と言われていた場所は、険しい山間部の禁足地にあったらしい。

ただ、ユニコーンの角を目当てとした密猟《みつりょう》を企《たくら》む外国人が後を絶たなかったせいで、最後に姿が確認《かくにん》された百年ほど前には数が激減していたらしい。

『我らの群れが集《つど》う郷の場所は、一ヵ所ではないからな。人の立ち入らぬ清涼《せいりょう》な地を転々としている』

「じゃあ、今は……？」

『言っただろう。我にはわからん』

ユニが案内役をしてくれれば、手っ取り早く辿《たど》り着けるのに……本人、本馬？　がこの調子では、永遠に辿り着けない気がする。

「候補地は、いくつかあるんだ。順番に巡《めぐ》ってみよう」

「まったく見当がついていないわけじゃないんだ。よかった」

出かける準備を整えながらそう口にしたアストラの言葉に、ホッとした。

いくら国土が広くないとはいえ、当てもなく探すのと数ヵ所に絞《しぼ》って探すのとでは効率が違う。

「ハルヤ、上着はこれを。このあたりは暖かいけど、山のほうは寒い。薄手《うすで》だけど、防風と撥《はっ》水《すい》機能があるから」

アストラに差し出された上着を受け取り、春夜も知っている登山用品ブランドのタグに目を瞬《しばた》かせる。

「服まで用意してくれて、ありがとう」

スーツケースが行方《ゆくえ》不明になっていることを知っているアストラは、春夜のサイズピッタリの服や靴《くつ》を素早《すばや》く手配してくれたのだ。

ここまでしてもらえる理由がないと言えば、真剣《しんけん》な表情で「あるよ」と返してきた。

春夜の首元を指差し、

「我が国の守護であるユニコーンの加護を受けた、大事な客人だ」

と微笑《ほほえ》んだのだ。

このペンダントが入国手続きにも有利に働いたのだとしたら、確かにすごい加護だと思う。

「さてと、そろそろ出かけるかな。アヴィス」

アストラが話しかけたのは、部屋の隅《すみ》で黙々《もくもく》と荷造りをしていた人物だ。空港で初めて逢《あ》った時もアストラと一緒《いっしょ》にいた焦《こ》げ茶色の髪《かみ》の青年は、目が合った春夜に目礼をして、荷物を詰めたバックパックを持ち上げた。

かる。

「はい。荷造りは終わりました」

アストラを凌《しの》ぐ長身だ。肩幅《かたはば》が広く、胸板《むないた》が厚く……鍛《きた》えられていることは衣服越《ご》しでもわかる。

春夜の視線を追ったアストラは、ようやく彼の紹介《しょうかい》がまだということに気づいたらしい。

「ああ、彼はアヴィス。僕の従者だ。護衛だけでなく、様々なサポートをしてくれる。一緒に言葉を習っているから、日本語も話せるよ」

「えっと……よろしくお願いします」

恐縮《きょうしゅく》する春夜に、ニコリともせず「こちらこそ」と短く返ってくる。本当に日本語だ。アストラ以外にも、会話ができる相手がいることに少しホッとした。

「今日は別行動だけどね。日帰りだし。アヴィスには別の仕事を頼《たの》んである」

「夕刻までにお戻《もど》りにならなければ、すぐにお迎《むか》えに参ります」

「そんなに心配しなくても大丈夫《だいじょうぶ》だって。今日は、ハルヤにフロス・プルヴィアの案内も兼《か》ねて軽く散策するだけだ」

話しながら廊下《ろうか》を抜けて、玄関《げんかん》ポーチに出る。昨日、車が横付けされていた場所には中型バイクが停《と》まっていて、目をしばたたかせる。

アヴィスがバッグをバイクの荷台部分に括《くく》りつけたということは、まさか今日の移動手段はこれだろうか。

　バイクを凝視《ぎょうし》するハルヤの顔に疑問が表れていたのか、アストラがクスリと笑った。

「徒歩では大変だし、車より機動力があるから。それとも、馬のほうがよかった？　ハルヤは乗馬ができる？」

「……できません」

　同じ二人乗りでも、馬とバイクならこちらのほうがマシだ。

　小型バイクなら春夜も運転できるが、この国で外国の運転免許証《うんてんめんきょしょう》が有効かどうかわからないし交通ルールも知らないので、どちらにしても春夜自身がハンドルを握ることはできない。どのような移動手段でも、アストラの世話になることの一択《たく》だ。

「はい、ヘルメット。タンデムライドは大丈夫？」

「大丈夫」

　真新しいヘルメットを差し出されて、反射的に受け取る。少し下がったアヴィスは、「いってらっしゃいませ。お気をつけて」と丁寧《ていねい》に頭を下げた。

「じゃあ、乗って」

　自身もヘルメットを着用して長い脚《あし》でバイクの車体を跨《また》いだアストラは、手早くエンジンをかけて春夜を振《ふ》り向く。

「……お邪魔《じゃま》します」

　ヘルメットのベルトを締《し》めた春夜は、それ以外にどう言えばいいのかわからなくて……おずおずとタンデムシートに乗り込んだ。

空港から中心部への道中にも感じたことだが、道路事情はかなりいいようだ。アストラがハンドルを握るバイクが凹凸《おうとつ》に乗り上げる振動《しんどう》はほとんどなく、滑《なめ》らかに走る。

第三王子だから、かなり自由にできる……とは聞いていたが、春夜の想像する『王子様』よりずっとアクティブだ。

とはいえ、他《ほか》の『王子様』がどんな生活をしているのか知らないので、アストラがどれくらい型破りなのかはわからないが、少なくとも飛行機を操縦したりバイクを自ら運転して出かけたりする『王子様』は、あまり多くないと思う。

風を切って走るバイクは爽快《そうかい》で、気候的にも心地《ここち》いい。中心部を離《はな》れると交通量がぐっと減るらしく、信号もほとんどない道路をスムーズに走っていく。

体感的には、一時間近く走っただろうか。舗装《ほそう》されていた道路が砂利道になったところで、アストラがバイクを停めた。

「ここから先は、山道なんだ。徒歩になる」

「わかった」

アストラに答えてバイクを降りた春夜は、ヘルメットを脱《ぬ》いでぶるぶると頭を振った。

それが合図になったかのように、目の前にユニが姿を現す。

『ふぁ……心地よい空気だ』

「今まで、寝《ね》てた？　朝からずっと静かだったけど」

『英気を養っていたのだ』

眠《ねむ》っていたのと、どう違《ちが》うのだろう……とユニを見ていた春夜は、少しだけ身体《からだ》が大きくなっているのでは？　という違和感《いわかん》に気がついた。

これまで、ソフトボールくらいのサイズだったのに、今のユニはハンドボールくらいありそうだ。

目の錯覚《さっかく》かと手の甲《こう》で目元を擦《こす》っても、やはりユニが大きく見える。

「ユニさ、なんか育った？」

『本来の力を取り戻しつつあるのだろう。アストラは正統な血脈を継《つ》いでいる。我らと王族は、元より共助関係にあったからな。惜《お》しむらくは、純潔を失ったせいで気に雑味が混じっていることか』

「苦情は、アストラに直接どうぞ」

アストラのピアスに宿っているという黒いユニコーンは、力が枯渇《こかつ》しかけているという言葉通りに姿を現しもしない。

空港で一瞬《いっしゅん》でも現れたのは、久し振《ぶ》りだというユニの気配に呼ばれたせいなのだろう。

「ハルヤ、どうかした？　ユニコーンがなにか言っている？」

バイクに括りつけてあったバックパックを外したアストラは、二本纏《まと》めた肩紐《かたひも》を摑《つか》んで自分の肩《かた》にかける。

「……純潔を手放した、アストラへの文句かな。荷物、おれが持つよ」

アストラに荷物持ちをさせるのは、さすがに気が引ける。右手を差し出した春夜に、アストラは「とんでもない」と笑ってバックパックを背に負った。

「小さ……ハルヤに持たせられるわけがないでしょう」

「今、小さい子って言いかけませんでした？」

「気のせいだ。ユニコーンには、群れの仲間の気配を感じるか郷《さと》が近づいたら教えるように伝えてくれるかな。あと、覆水盆《ふくすいぼん》に返らずってね。過去の恨《うら》み言は取り戻せないから、対処の仕様がないな」

悪いね、と言いつつ悪びれない笑顔《えがお》だ。

しかも、最近は日本人でもあまり使わない言葉を自然と口にするあたり、昭和初期に生まれたであろう乳母《うば》の影響《えいきょう》を感じる。

「だってさ、ユニ」

『開き直りおって。まだなにも感じないが……郷があるなら、周辺に清涼《せいりょう》な空気が漂《ただよ》っているはずだ』

「そっかぁ。とりあえず、それらしい場所を散策かな」

ユニコーンの郷など、そう簡単に辿《たど》り着けないとは思うが、ナビゲーターとして全く役に立たないわけではなさそうだ。

アストラには、

「近づけば感じるかも、だって」

そんな、曖昧《あいまい》な言葉しか伝えられない。

苦笑《くしょう》したアストラは、「とりあえず歩こうか」と、山に続く小道を歩き出した。

大きな荷物を背負ったアストラの後をついて歩きながら、あの人……アヴィスに見られたら怒《おこ》られそうだな、と無意識に背後を振り返る。

そこには、路肩《ろかた》に停められた中型バイクがポツンとあるだけで、視界に割り込んできたユニに『ハルヤ、ぼーっとするな。置いて行かれるぞ』と怒られ、慌《あわ》ててアストラの後を追いかけた。

春夜が追いついて狭《せま》い山道で肩を並べたところで、隣《となり》のアストラから尋《たず》ねられる。

「ハルヤのおばあ様について、もうちょっと詳《くわ》しく聞いてもいい？」

「大ばあちゃんについて？　いいけど、おれが知ってることはあんまりないんだよね。昨日話したことで、ほとんど全部」

フロス・プルヴィアが国境を封《ふう》じる前に、外交官をしていた曾祖父《そうそふ》と外で知り合い、結婚《けっこん》して日本へやってきた。

鎖国《さこく》状態になってからは、一度も国に帰っていない。祖国の誰《だれ》かと連絡《れんらく》を取ってもいないようだから、親族がいるのかどうかも不明だ。

唯一《ゆいいつ》フロス・プルヴィアから持ってきたものは、春夜が譲《ゆず》り受けたペンダントのみ。曾祖父の本宅は戦時中に空襲《くうしゅう》で焼失してしまい、曾祖母《そうそぼ》のパスポートがあったのかさえ今となってはわからない。

……そうアストラに語った以上のことを、春夜も知りたいくらいだ。

「名前は、……ハナコさんだっけ」

「ユニは、本名らしいものを知っているみたいだけど」

春夜たちの会話を受けてか、ふわふわと空中を漂ってアストラの頭の横に飛んで行ったユニが、耳元で言葉を発する。

『◇×☆××だ』

「……アストラに向かって教えたつもりらしいけど、聞こえた？」

「残念ながら」

きょろきょろと自分の周りに視線を彷徨《さまよ》わせるが、その目はユニを素通《すどお》りしている。やはり、声も聞こえていないし姿も見えないようだ。

「アストラがユニと直接話せたら、手っ取り早かったのに」

ユニコーンの郷という場所にも、それほど困難でなく辿り着けたのではないかと思えば、ユニとのコミュニケーション能力を失《な》くしたアストラに恨みがましい気分になる。

春夜がチラリとアストラを見遣《みや》ると、同じことを考えたらしいユニが角で首筋を突《つつ》いているところだった。

なんとなく感じるものがあるのか、アストラは埃《ほこり》でも取り除くような手つきで、見えないはずのユニを払《はら》い除《の》ける。

雑な扱《あつか》いをされたユニは『王族とはいえ非礼な』と憤《いきどお》っていたけれど、苦情が聞こえないアストラは悪びれる様子もない。

「あんな、ささやかな妨害《ぼうがい》を無視できないとは……ハルヤは素直なんだな」

そんな、褒《ほ》められているような気がしなくもない言葉に苦笑を滲《にじ》ませた。

春夜を見ているアストラのアイスブルーの瞳《ひとみ》は優《やさ》しいもので、「馬鹿《ばか》正直だな」と皮肉を含《ふく》ませた台詞《せりふ》ではない。

「恐《おそ》ろしいことが起きるぞとかって脅《おど》すし、異国で孤独《こどく》な思いをさせる気かとか、泣き落としするし……無視しようにも、させてくれなかったんだ」

泣き真似《まね》だったかもしれないけれど、『ようやくハルヤと会話ができたのに』と哀愁《あいしゅう》たっぷりに嘆《なげ》かれると、ユニを振《ふ》り切ってまで彼女を作って『清いカラダ』を手放す気にはなれなかったのだ。

あとは、それほど強い想《おも》いを向けられる相手に出逢《であ》っていないということもある。誰でもいいから経験したいと望むほど、激しい欲求《よっきゅう》に駆《か》られなかった。

途切《とぎ》れることなく彼女がいる専門学校時代の友人には、「春夜は絶食系男子だよな」と笑われたが、クラブに繰《く》り出して女の子をナンパするより、薔薇《ばら》の手入れをするほうが楽しいのが本音だ。

春夜の答えに、アストラは微笑《びしょう》を滲ませてくしゃくしゃと頭を撫《な》でてきた。

「ハルヤは、いい子だな」

「あの……子どもじゃないんで、って何回も言ってるはずだけど」

「ああ、ごめんね。子ども扱いをしているつもりではなく、ハルヤの髪《かみ》がものすごく触《さわ》り心地《ごこち》よさそうで……つい」

春夜の苦情を受け、頭に触《ふ》れていた手を引く。春夜から見れば、サラサラのアストラの髪のほうが、自分より遥《はる》かに手触《てざわ》りがよさそうだ。

天然プラチナブロンドの色味は、ブリーチやカラーリングでは出せないと思う。天使の輪と呼ばれる光を放つような艶《つや》やかな質感は、トリートメントのコマーシャル動画で見るアイドルの女の子も負けるだろう。

「頭の中も外もふわふわしてるとか、変なからかい方されるし……おれは、アストラの髪が羨《うらや》ましい」

無意識に手を伸《の》ばして、アストラの髪に触れた。サラリと指のあいだを滑《すべ》り落ちる髪は予想よりずっと触り心地がよく、感嘆《かんたん》の息をつく。

少しだけ驚《おどろ》いたような顔をしたアストラと目が合い、そこでようやく自分のとんでもなく図々《ずうずう》しい行動を自覚した。

「あっ、ごめんなさい。無断で触ったりして。無礼者め」

慌てて右手を下ろして謝った春夜の手を、アストラの左手がギュッと握《にぎ》る。

「いいよ。ハルヤなら好きなだけ触らせてあげる。……僕にもハルヤの髪を触らせてくれるなら、だけど」

アストラは春夜の右手を自分の頭に導くと、自身の右手を伸ばして春夜の髪に触れた。

春夜の髪をそっとくすぐる手つきは、たっぷりとした毛量のぬいぐるみか、動物の毛並みを楽しんでいるようだ。

そっと撫でられるのは、不快ではない。けれど……。

「いや、えっ……と、これ、なんか変な図じゃない？」

山道の途中《とちゅう》で立ち止まり、向かい合って互《たが》いの髪を触り合う……とは、どう考えてもおかしいやり取りではないだろうか。

アストラは、戸惑《とまど》うハルヤの髪を指先で撫でながら、「ふふ」と笑う。

「変じゃないよ。新鮮《しんせん》な反応だな」

戸惑う春夜に楽しそうな笑みを浮《う》かべるアストラは、きっとこれまでスキンシップを拒《こば》まれたり避《さ》けられたりしたことがないのだろう。

キラキラ後光が差すような神々《こうごう》しいまでの美貌《びぼう》に魅入《みい》られ、老若男女《ろうにやくなんによ》問わず、喜んでアストラに身を差し出しそうだ。

ぼんやりとアストラを見上げてそんなことを考えていた春夜は、見惚《みほ》れるばかりの顔が異常接近してくるのに気づいてもピクリとも動けなかった。

視界に影《かげ》が落ち、アストラの唇《くちびる》が……自分の唇に、触れた？

「ッ……わぁぁぁっ！」

チラリと唇を舐《な》められた瞬間《しゅんかん》、硬直《こうちょく》が解けた。悲鳴に近い声と共に、慌ててアストラから身を離《はな》す。

数秒遅《おく》れて、今のは『キス』とか『口づけ』とか『接吻《せっぷん》』と呼ぶ接触《せっしょく》ではないかと、知る限りの単語が頭の中を駆け巡《めぐ》る。

「な……なん……」

動揺《どうよう》のあまり、言葉にならない。ただひたすら、じわじわと顔面に血が集まってくるのを感じる。

背中を屈《かが》めたアストラは、

「顔が真っ赤だ。可愛《かわい》い反応」

と、イタズラが成功した子どものような無邪気《むじゃき》な笑みを浮かべた。

春夜はぎこちなく首を左右に振り、二度、三度……深呼吸を繰り返して震《ふる》える両手を握り締《し》める。

「なにすんだ。おれの、初ちゅー……っていうか、ユニ！　なんで妨害しなかったんだ？　許さないんじゃないのかよ」

不意打ちで貴重なファーストキスをかすめ取られたことへの憤りよりも、ユニに妨害されなかったことに対しての驚きが勝《まさ》る。

春夜の呼びかけに、これまで意図して身を潜《ひそ》めていたとしか思えないユニが、ポンと現れた。

アストラの肩《かた》に乗り、睨《にら》む春夜に答える。

『純血統の王族なのだ。祝福を受けて力が満ちるのを、拒む理由がないだろう』

「アストラが王子様だから？　おれの意思は……？」

『知らん』

ふいっと顔を背《そむ》けたユニは、全身で苦情は受け付けないと語っている。無責任というか、守護を名乗るわりには酷《ひど》い扱いだ。

怒《いか》りは、アストラにぶつけるべきかユニにぶつけるべきか……迷っているあいだに、冷めてしまった。

特大のため息をついた春夜に、アストラが宥《なだ》める口調で話しかけてくる。

「嫌《いや》だった？　ハルヤがあまりにも可愛かったから、つい」

「嫌というか……嫌だって感じなかったことが、ショックっていうか……」

いくらアストラが理想のど真ん中を射貫《いぬ》くような美形でも、同性にキスされて微塵《みじん》も嫌悪感《けんおかん》が湧《わ》かなかったことは、問題ではないだろうか。

視線を泳がせて苦悩《くのう》する春夜をよそに、アストラは爽《さわ》やかな笑みを向けてきた。

「嫌じゃないならよかった。しかし……キスは許されるんだな」

春夜が「邪魔《じゃま》された」と言っていたキスをユニに妨害されなかったことは、アストラにもやはり不思議らしい。

ふと考える素振《そぶ》りを見せ、

「どこまでなら、妨害されないんだろう」

そんな、とんでもない一言と共に背中を抱《だ》き寄せられた。

耳の下あたりに唇を押しつけられ、ざわりと悪寒《おかん》に似た奇妙《きみよう》な感覚が肌《はだ》を粟立《あわだ》たせる。

「ひぁッ」

自分でも驚くような奇声《きせい》を発した春夜は、慌《あわ》ててアストラの腕《うで》から逃《のが》れる。

長い腕が届かない距離《きょり》まで身を逃《に》がして、くすぐったい口づけの余韻《よいん》を消そうと、首筋を強く擦《こす》った。

「ちょ……変な探求心を持たないでください。おれの反応を見て、遊んでいるでしょ」

「遊んでいるつもりはないけど、……なにその可愛さ。本当に……もう」

語尾《ごび》をフェイドアウトさせて言葉を切ったアストラは、顔を背けて春夜の目から表情を隠《かく》しているつもりかもしれない。が、小刻みに震える肩が笑っていることの証拠《しょうこ》だ。

ムッとした春夜は、アストラをその場に置き去りにして山道を小走りで駆け上った。

春夜に、キスやハグといった接触に対する免疫《めんえき》がないことを察していながら、あんなふうにからかうなど悪趣味《あくしゅみ》だ。

腹立たしい……はずなのに、アストラへの怒りがそれほど湧いてこないのが不思議だった。可愛いと言われることにも、奇妙な恥《は》ずかしさと居たたまれなさを感じるだけで、本気で怒《おこ》る気になれない。

「アストラが、王子様だから？　外国人だし……日本人のおれが理解できなくても仕方ない、って思っちゃうんだよな」

あとは、あの笑顔もズルい。

無邪気な笑みも、少し困ったような微笑も、苦笑さえ魅力《みりょく》的で、多少の理不尽《りふじん》な言動は許してしまう。

王子様だから、特別扱《あつか》いか……とユニに眉《まゆ》を顰《ひそ》めたけれど、春夜もアストラには弱いのだから、ユニのことを責められない。

「ハルヤ。そっちは崖《がけ》になっているから危ない。……こっち」

あっという間に追いついてきたアストラが、背後から春夜の腕を摑《つか》んで自分に引き寄せる。肩を抱《だ》くようにして、二又《ふたまた》に分かれている小道の下りのほうを指差した。

「……怒ってる？」

「もういいよ」

おずおずと尋《たず》ねられ、最初から怒った振《ふ》りをしていただけだった春夜は、苦笑《くしょう》して肩の力を抜《ぬ》いた。

ハルヤに突《つ》っ撥《ぱ》ねられなかったことで安堵《あんど》したらしく、アストラはパッと笑顔になって言葉を続ける。

「少し先に、休憩《きゅうけい》にピッタリのスペースがあるんだ。そこで、ランチにしよう。ハルヤが美味《おい》しいって言っていた、サンドイッチと……焼き菓子《がし》もあるよ」

「うん。ありがと」

王子様なのに、春夜の機嫌《きげん》を取ろうとしているのがなんだかおかしくて、クスクスと笑ってしまう。

アストラはどうして笑われているのかわからない、という顔をしていたけれど、春夜の笑みを引き出せたからか「まぁいい」と小声で零《こぼ》して春夜の背中を軽く叩《たた》いた。

「ハルヤ、そこを見て。春の花が咲《さ》いてる。フロス・プルヴィアは、これから花のシーズンなんだ。花は一年を通して咲くけど、春の花が一番種類が多い」

アストラが指差した先には、小さな桃色《ももいろ》の花が咲いていた。レンゲに似ているけれど、日本にはない種類の花だ。

「大ばあちゃま……大ばあちゃんが、言ってた。たくさんの花が咲く、美しい国だって」

「そうか。たぶん、ハルヤのおばあ様が国にいた頃《ころ》に咲いていた花と同じだよ」

この花を、若かりし頃の曾祖母《そうそぼ》も目にしたかもしれない。

そう思えば、不思議で……春夜は初めて見た花なのに、ずっと昔から知っていたような懐《なつ》かしい気分になる。

『この花は、あまり美味《うま》くはないな』

しんみりとしていた春夜は、水を差したユニに「食べ物の話じゃないよ」と眉根《まゆね》を寄せる。

アストラは春夜のつぶやきだけで、どんなやり取りがあったのか察したのだろう。

「ユニコーンは花を食べるそうだからね。僕たちのランチ場所までは、もう少しだ」

そう言って笑い、止めていた歩みを再開させた。

自然な仕草で手を取られたけれど、離してほしいとか嫌だとか拒否《きょひ》する感情は湧かなくて、手を引くタイミングを逃してしまった。

何故《なぜ》か今は、子ども扱いをされているとも感じない。

斜《なな》め前を歩くアストラが背負った、大きなバックパックが視界に入る。それを横目で見遣《みや》った春夜は、自発的に荷物持ちをする王子様って、変わっているよな……と無関係なことを考えて足元に視線を落とす。

そんなふうに意識を逸《そ》らしていないと、繋《つな》がれた手から伝わってくるぬくもりに際限なく動《どう》悸《き》が激しくなりそうで、怖《こわ》かった。

《五》

フロス・プルヴィアへ着いて、あっという間に一週間が過ぎた。

アストラと一緒《いっしょ》に連日出かけているけれど、ユニコーンの郷《さと》はなかなか見つからない。

「毎日温泉とか、めちゃくちゃ贅沢《ぜいたく》だなぁ」

一日の締めくくりとして、天然の温泉を引き込んでいるというプールのような浴場で湯に浸《つ》かり、すっかりリラックスしてベッドに身体《からだ》を投げ出す。

春夜のスーツケースはまだ迷子になったままで、ワンピースのような丈《たけ》の長い上着にズボンがセットになった肌触《はだざわ》りのいい寝間着《ねまき》は、アストラが用意してくれたものだ。

「ユニ。力が戻《もど》ってきたのなら、パパッと仲間のところに辿《たど》り着けたりしない？」

姿は見えないけれど、ベッドの天蓋《てんがい》に向かって呼びかける。傍《そば》にいることは、わかっているのだ。

『簡単に言うな』

春夜の呼びかけに応《こた》えて、ユニが姿を現した。

最初は気後《きおく》れして、こんな煌《きら》びやかな部屋で寛《くつろ》いだりできない……と思っていたのに、人間とは良くも悪くも慣れるものらしい。

　今では、すっかり馴染《なじ》んでしまった。

『容易く見つからぬように、特殊《とくしゅ》な聖域にいるのだ。弟に元気があれば、共に仲間の気配を追えるのだが……』

　言葉を切ったユニは、ふぅと人間臭《くさ》いため息をついた。

　ユニの弟……か。

　瞬《まばた》きをした春夜は、アストラのピアスに宿っているという黒いユニコーンを思い浮《う》かべる。

「黒いユニは、ほとんど寝《ね》てるもんなぁ。最初に空港で姿を現したのが不思議なくらいだ」

　あれ以来、ユニが呼びかけても春夜が声をかけてみても、音沙汰《おとさた》がない。

　心配になって大丈夫《だいじょうぶ》なのかとユニに尋ねると、『心配無用。ただ、深い眠《ねむ》りについているようだ』と返ってきたので、眠っているだけで害がなければいいと安堵した。

『あれは、我の力で具現化したようなものだ。無理をすると、本体にも悪影響《あくえいきょう》がある。眠っていれば力を消耗《しょうもう》することもない』

「そっか。ユニコーンの郷の泉に、アストラのピアスを浸《ひた》せばいいんだっけ？　ユニの弟のためにも、早く見つけないとな。帰国を延長するのは難しい」

　今回、春夜がフロス・プルヴィアに滞在《たいざい》できる期間は最長で一ヵ月だ。アストラのおかげで宿泊費《しゅくはく》や食費といった滞在費がかからないのはありがたいけれど、ビザの都合もあるし予定期間を過ぎても帰国しないとなれば家族に心配をかけてしまう。

「アストラは、ハイキングを楽しんでいるだけに見えなくもないんだよな」

連日春夜を伴《ともな》って山歩きをしているアストラは、妙《みょう》に楽しそうだ。本気でユニコーンの郷を見つけようとしていないのでは、と疑いたくなることもある。

でも、今の春夜にはアストラを頼《たよ》るしかないのが現実だ。

「あ、でも明日の午前中は、離宮《りきゅう》のガーデンを案内してもらう予定なんだよね」

夕食の席で、従者だというアヴィスになにやら耳打ちをされたアストラが、苦笑《くしょう》して春夜に告げてきたのだ。

「明日は、敷地《しきち》内にいることにしよう。離宮のガーデンを案内するよ」

そう口にしたアストラの声は、いつになく苦いものを含《ふく》んでいて、仕方ないと言わんばかりだった。

毎日のように外出して、留守にし過ぎるのはよくないと誰《だれ》かに言われたのかもしれない。

『ここの庭は広い。ハルヤの好みそうな花が豊富にある』

「うん。脇《わき》を通りながらチラッと見ただけでも、すごくいいガーデンだと思った。山にも変わった花が咲いてたし、楽しみ」

曾祖母が語っていた祖国は、春夜の中でどんどん想像が膨《ふく》らみ、おとぎ話の舞台《ぶたい》になりそうな花と緑に囲まれた理想郷となっていた。

実際に訪《おとず》れると、中心部ではビルが立ち並んでいる上に、整備された道路には車が走り……日没《にちぼつ》後は煌々《こうこう》とした電気が灯《とも》る。予想よりずっと都会的で、少しだけ拍子抜《ひょうしぬ》けした。けれど、人が滅多《めった》に通らなそうな山道でも市街地の道路脇《どうろわき》でも、至る所で花が咲いていることは確かだ。

「なんていうか、おれって、この国との相性《あいしょう》がいいのかな。ずっと昔からここにいたみたいな、不思議な感じがする」

フロス・プルヴィアでは、麦やそば粉といった穀物で作ったパンのようなものが主食の中心で、米が主食の日本食とは明らかに異なる食事だ。

外国で一番苦労するのは慣れない食事だと聞いていたが、春夜は最初から違和感《いわかん》なく美味しくいただいている。料理人が工夫をしてくれていることもあるのだろうけど、一週間経《た》っても飽《あ》きることはない。

天然の温泉が湧《わ》くこともあってか、浴場も広々とした湯船のあるスパリゾートのようだし、花の匂《にお》いを運んでくる風には懐かしささえ感じる。

公用語のラテン語や英語は付け焼き刃《ば》の勉強しかしてこなかったので、アストラとアヴィス以外の人との会話が困難なのは難点だけれど、スマートフォンの翻訳《ほんやく》機能を駆使《くし》すればなんとかなりそうだ。

曾祖母から時々聞いていたこともあり、たった一週間の滞在で、春夜にとっても故郷《ふるさと》のような大好きな国になった。

『ハルヤにとって、相性はいいだろうな。だからこそ、首飾《くびかざ》りに我を見透《みす》かすことができたのだ。なんといっても、ハルヤはこの国の……こら、まだ話している途中《とちゅう》だぞ。寝るな、ハルヤ！』

「んー……ごめん。明日にして」

ユニがなにか言っているのは聞こえるが、瞼《まぶた》を開けていられなくなった。

大きなベッドに手足を投げ出した春夜の意識が、心地《ここち》いいベッドマットレスに沈《しず》み込むようにして薄《うす》れていく。

『まったく。よく言えば、肝《きも》が据《す》わっているんだろうが……』

遠くから聞こえるユニの声が揺《ゆ》らぎ、姉たちの「春夜は能天気なだけ」とか「天然ふわふわ頭って最強よね」などという聞き飽きた台詞《せりふ》に取って代わられる。

「ふわ……わは、天然パー……」

……ふわふわなのは、天然パーマのせいだ。

決まり文句となっている反論は勢いが皆無《かいむ》で、中途半端《ちゅうとはんぱ》に途切れてふかふかのベッドに吸い込まれた。

□□□

出入りする際、離宮の玄関《げんかん》ポーチからチラリと見ていたガーデンは、ほんの一角でしかなかったらしい。

建物を回り込んだ先に広がっていた光景に、目を輝《かがや》かせた春夜は感嘆《かんたん》の声を上げる。

「すっごい。うわー……わぁー……すご……」

目の前のガーデンを眺《なが》めて子どものような言葉しか出てこない春夜を、アストラはニコニコ笑って見ている。

その視線に気づいた途端《とたん》、いまさらながら恥《は》ずかしくなってきた。

慌《あわ》てて取り繕《つくろ》ったところで手遅《ておく》れだとわかっているけれど、コホンと咳払《せきばら》いをして居住まいを正す。

「とても綺麗《きれい》だ。手入れの行き届いたガーデンだね」

すべて見て回ったわけではないが、野球場がすっぽり入るくらいの広さはあるだろう。入り口部分では、アーチ状に設《しつら》えられた支柱に絡《から》んだ蔓薔薇《つるばら》が無数の可憐《かれん》な花をつけ、楽園への門のようだ。

蔓薔薇のアーチをくぐった先へと続く小道の両脇《りょうわき》には、華《はな》やかな大輪の薔薇が種類ごとに並んでいる。

これだけでも、庭師の技術力の高さが想像できる。

「専門の庭師さんがいるんだよね。何人くらいで管理しているの？」

何気なく投げかけた春夜の質問に、アストラは近くにある薔薇の花を指先でつつきながら答えた。

「多い時は王宮全体で十人以上いたはずだけど、今は三人かな。代々引き継《つ》がれるものだけど、開国後は外国に留学する若者が増えたからね。跡取《あとと》りになるはずだった庭師の息子《むすこ》の一人は、庭師の技術を磨《みが》くために留学したはずのイギリスで自動車のメカニックになりたいと言い出したらしくて、一時帰国した際にここで大喧嘩《おおげんか》していた。僕は、好きなことをさせてあげたほうがいいと息子側の味方をして、庭師に不満そうな顔をされたけどね」

「そ、それは……どっちの気持ちもわかるだけに、なんとも……」

代々父方の長男が継いできた造園業を、洋風庭園の道に行きたいと蹴《け》った身としては、耳が痛い話だ。

ただ、ありがたいことに春夜は強く反対されることなく、望む道を選ばせてくれた。父親の本音はわからないが、渋《しぶ》った祖父とのあいだを取り持ってくれたことは確かだ。

「でも……そっか。後継者《こうけいしゃ》不足なんだ」

この見事なガーデンが存続の危機に瀕《ひん》しているのかもしれないと思えば、春夜が庭師に弟子《でし》入《い》りしたいくらいだ。

毎日、この美しいガーデンの手入れができるなんて……想像しただけでわくわくする。

「奥には、フロス・プルヴィアで独自に品種改良した種類の薔薇があるよ。ええと……あちら側かな」

「独自でってことは、他《ほか》の地域に出回っていない新種だよね。見たい！」

春夜の目がキラキラと輝いているのか、楽しそうにうなずいたアストラが「おいで」と先に立って歩き出す。

春夜は、散歩を待ちきれない犬になったような気分で、弾《はず》む足取りでアストラの後ろをついて行った。

「この辺りかな。僕は花に詳《くわ》しくないんだけど……どう？」

「……うん。見たことがない」

アストラが示した一角には、春夜が初めて目にする薔薇が咲《さ》いていた。その場にしゃがみ込んで、夢中で観察する。

「丸弁高芯《こうしん》……ダブルデライトに似てる？　ちょっと違《ちが》うかな。クリーム色にオレンジの覆輪《ふくりん》だから、グラナダのかけ合わせだろうけど……。こっちの品種も初めて見た！　刺《とげ》がないのは改良の結果かな。えー……と、これは……？」

時間も忘れて観察していると、不意に背後でジャリッと土を踏《ふ》む足音が聞こえた。

だんだんその音が近づいてきて、低い声が、

「アストラ様」

と呼びかけたところで、我に返る。

そうだった。すっかり自分の世界に入り込んでいたけれど、アストラが一緒《いっしょ》にいたのだ。

焦《あせ》って顔を上げた春夜が振《ふ》り向くと、アヴィスがアストラの隣《となり》に並ぶのが見えた。

「アストラ様……ハルヤ様も、お邪魔《じゃま》をして申し訳ございません。少しでも早く、お伝えしたほうがいいかと思いまして」

アストラにだけ話しかけるなら自国語を使えばいいのに、あえて日本語で話しかけてきたのは、きっと春夜を気遣《きづか》ってのことだ。

春夜が自分たちを見ていることに気づいたらしく、アストラが春夜の頭にポンと手を置く。

「気にしなくていいよ。ハルヤは薔薇を見ていて」

微笑《びしょう》を浮《う》かべると、そう言い残してアヴィスに向き合った。

結構な時間アストラを放置していたと思うのに、退屈《たいくつ》そうな顔を見せるでもなく機嫌《きげん》を損《そこ》ねている様子もない。

気にしなくてもいいと言われたものの、もう一度薔薇に集中するのは難しくて、チラチラと横目で並んで立つ長身の二人を窺《うかが》い見た。

時おり漏《も》れ聞こえてくる会話は、春夜には聞き取れない言語だ。

ただ、ふとアストラの視線がこちらに流れてきたことで、自分にも関係のある話なのかな？と推測することができた。

目が合った春夜に僅《わず》かな笑《え》みを浮かべたアストラは、春夜に聞かせるかのように日本語でアヴィスに答える。

「よくここまで調べたな」

「……運よく我が家に記録が残っていましたので。引き続き、調べておきます」

アストラの言葉に軽く頭を下げたアヴィスは、春夜が見ていることに気づいたのか同じく日本語で返す。

会話はそれで終わったらしく、春夜にも目礼をして小道を引き返して行った。

盗《ぬす》み聞きをするつもりではなかったが、聞き耳を立てていたことを知られてしまったような気まずさが込み上げてきて、アストラがこちらへ向き直る前に薔薇へ視線を移す。

曾祖母《そうそぼ》が一番好きだった薔薇と同じ、淡《あわ》い桃色《ももいろ》の花弁だ。

「大ばあちゃまは、薔薇が綺麗に咲く歌を教えてくれたっけ」

幼い春夜と並んで薔薇の蕾《つぼみ》を見詰《みつ》めながら、曾祖母がよく口ずさんでいた外国語の歌は、意味はわからなかったけれど耳で覚えた。

今となってはうろ覚えのその歌が、自然と口から出る。

「…………」

途切れ途切れで、決して上手な歌ではない。しかも部分的にしか憶《おぼ》えておらず、途中《とちゅう》でわからなくなる。

「日本語アクセントのこの歌を聞くのは、久し振《ぶ》りだ」

春夜の脇《わき》にしゃがみ込んだアストラが、目の前の薔薇の花弁をそっと指先で撫《な》でた。そして、春夜が口を噤《つぐ》んだことで途切れた歌の続きを口ずさむ。

低く心地《ここち》いい声で綴《つづ》られる歌は、忘れかけていた微《かす》かな記憶《きおく》を呼び覚ます。

「やっぱり、この国の歌だったんだ。大ばあちゃま……大ばあちゃんが、懐《なつ》かしそうに歌っていたから」

アストラが当然のように続きを口にしたということは、曾祖母が祖国への郷愁《きょうしゅう》を込めて歌っていたのではという予想が当たっていたということだろう。

春夜と目を合わせたアストラは、ふっと笑って春夜にとって長く謎《なぞ》だった歌の解説をしてくれる。

「フロス・プルヴィアに古くから伝わる、子守歌だよ。ハルヤの歌は、僕の乳母《うば》が幼い頃《ころ》に聞かせてくれたのと同じアクセントで、なんだかグッとくるな」

そう言って春夜を見下ろすアイスブルーの瞳《ひとみ》はいつになく優《やさ》しくて、どぎまぎと視線を逸《そ》らした。

春夜の動揺《どうよう》に気づかないらしいアストラは、肩《かた》を並べたまま言葉を続ける。

「僕のフルネームを、教えていなかったかな。アストラ・シルヴァ・ハルヒト・ソルというのが正式な名だ。父と母、乳母からそれぞれ名をつけられる習わしで、ハルヒトは日本のエンペラーの名にも継がれている字だからと……日本語だと、こう書く」

春夜の左手を取ったアストラは、上向きにした手のひらに『晴仁《はるひと》』と迷わず綴る。乳母という人から習い、憶えるほど書いて練習したのだろう。

「エンペラーって……ああ、ちょっと違う気もするけど、訳するとそれしか適当な言い表し方がないのかな。そっか、王子様だから貴《とうと》い身分の人って感覚なのかも」

日本の象徴《しょうちょう》である存在を特別に神聖視するのは、二十一世紀生まれの春夜とは異なる感性だ。

ただ、曾祖母と同年代の人ならわからなくもない。

二度と帰れないかもしれないと覚悟《かくご》はしていても、日本への思いがなくなったわけではなかったのだと伝わってくる。

「日本の歌もいくつか知っている。雪やこんこ、あられやこんこ……とか、兎《うさぎ》追いしかの山……とか」

春夜が曾祖母の歌うものを耳で聞いて覚えたのと同じく、アストラも乳母の歌を聞いているうちに覚えたに違いない。

歌詞の意味は、知らないんだろうな……と思えば、自然と笑みがこぼれた。

ふと真顔になったアストラが、改まった調子で「ハルヤ」と呼びかけてくる。つられて笑みを消した春夜は、真剣《しんけん》な表情のアストラがなにを語るのか緊張《きんちょう》して待った。

「アヴィスに、可能な限り調べるよう命じていた調査の、結果が出た。この……首飾《くびかざ》りの持ち主についてだ」

「……大ばあちゃんの？　なに？」

アストラが指差したペンダントの持ち主、この国で生まれ育った曾祖母についての……調査とは？

仰々《ぎょうぎょう》しい言い回しに、ほんの少し眉《まゆ》を顰《ひそ》めて聞き返す。

アストラは、頰《ほお》を緩《ゆる》めて春夜の眉間《みけん》を指先で軽く突《つ》いた。

「ごめん、変な言い回しだったかな。悪い話じゃないから、身構えなくてもいいよ。たぶん、ハルヤも知らないことだ」

そう前置きをして語り始めたアストラの言葉を、一つも聞き逃《のが》すことがないように耳に神経を集中させて聞く。

それは、たぶん知らない……ではなく、春夜はまったく知らないことばかりだった。

「調べられたのは、ここまでだ。……日本に渡《わた》ってからのことは、追跡《ついせき》不可能だった。ハルヤのほうが詳《くわ》しいかな」

「……なんか、情報過多で頭が混乱してる。ちょっと、整理させて」

一気に知った曾祖母についての話は、たった今確かに聞いたのに、長い映画を観終《みお》わった直後のようにぼんやりしている。

嚙《か》み砕《くだ》いて飲み込み、消化するのには少し時間がかかりそうだった。

くしゃくしゃと両手で自分の髪《かみ》を搔《か》き乱した春夜を、アストラはなにも言わずに静かに放《ほう》っておいてくれる。

花弁を開きかけた赤い薔薇《ばら》の花を凝視《ぎょうし》して、アストラから聞いたばかりの話を頭の中で繰《く》り返した。

曾祖母が、フロス・プルヴィアの王族だった……など、未《いま》だに信じられない。

でも、ユニコーンの角を使った装飾《そうしょく》品は王族にのみ引き継《つ》がれているものだと言われれば、納得《なっとく》できなくもなかった。

国境が封鎖《ふうさ》される前、視察をする父親について欧州《おうしゅう》へ出かけた曾祖母は、そこで開かれた夜会で、外交官だった曾祖父《そうそふ》と出逢《であ》った。

ダンスが苦手だった曾祖父に曾祖母が教える形で、親しくなり……その都市の滞在《たいざい》期間中に逢瀬《おうせ》を繰り返した。

フロス・プルヴィアへの帰国直前、駅で暴漢に襲《おそ》われて曾祖母の父親が倒《たお》れた。鎖国《さこく》を推進しようとした一派が、国境封鎖に反対していた曾祖母の父親を、通り魔《ま》に襲われたかのように装《よそお》って葬《ほうむ》り去ることが目的だったと思われる。

共にいた曾祖母は危《あや》ういところで逃れることができて、曾祖父の滞在する領事館へ駆《か》け込み助けを求めた。

すぐさま手当てを受けたけれど、曾祖母の父親は命を落とし、曾祖母は混乱の中で行方《ゆくえ》不明になった。暴漢の仲間に攫《さら》われたのか、消息が途《と》切《ぎ》れたということは既《すで》に亡《な》き者となっているだろう……と公式には発表されている。

実際は、春夜の曾祖父に匿《かくま》われて身の安全を確保した上で、フロス・プルヴィアから伴《ともな》っていた信頼《しんらい》できる従者の一人と相談をしていた。

暗殺の手引きをしたのは、内部の人間だろうと思われる。目撃《もくげき》者でもある曾祖母は、国に帰ったところで身の危険が去るわけではない。

国内向けには亡くなったことにして外国へ逃れたほうがいいと思うけれど、そう簡単に手続きはできない……と話が行き詰《づ》まっていた中、春夜の曾祖父が「では自分の妻に」と求愛した。

帰国の日が迫《せま》っているが、配偶者《はいぐうしゃ》ということで日本国籍《こくせき》を得られる。共に日本へ来てくれないか……と。

唐突《とうとつ》な申し出を受けたという曾祖母は、他《ほか》に頼《たよ》る人がいなかっただけかもしれない。でも、曾祖父と曾祖母のあいだには確かに愛情があったのだと、春夜は信じている。

なぜなら、幼い春夜でも愛情を感じるほど、「もうすぐ将胤さんがお迎《むか》えに来てくださる」と幸せそうに微笑《ほほえ》んだのだから……。

「なんか……映画の話みたいだ」

ふぅ、と大きく息をついてつぶやいた。

春夜の中で整理がついたと見たのか、それまで無言で寄り添《そ》ってくれていたアストラが静かに尋《たず》ねてきた。

「落ち着いた？　アヴィスの曾祖父がたまたま従者として同伴《どうはん》していて、公式書簡とは別に一部始終の記録を密《ひそ》かに残してくれていたから、知れたことだけど……」

「アヴィス……が」

護衛を兼《か》ねた従者のはずなのに、アストラと別行動をしていた理由がわかった。

もしかしてハイキングのような散策は、従者のアヴィスを伴うことのできないアストラが人混みを避《さ》けるという目的もあったのかもしれない。

「ユニ……は、知っていたんじゃないか？　なんで、教えてくれなかったんだよ」

曾祖母のペンダントに宿っていたユニは、経緯《いきさつ》を知っていたはずだ。どうしてこれまで黙《だま》っていたのだと、空中に向かって苦情をぶつける。

数秒の間があり、赤い薔薇の上にユニが姿を現した。

『ハルヤには、首飾りが渡ってすぐの頃《ころ》に言ったはずだ』

「それ……おれに聞こえてなかったと思うんだけど。意思疎通《いしそつう》ができるようになったのは、五年くらい前からだろ」

『何度も話したのに、聞いていなかったハルヤが悪い。第一、ここに来る前に王族だと言ったところで、信じたか？』

「信じ……られなかったかもしれない、けど」

申し訳ないが、ユニではなくアストラの口から語られたことで信じられたのは、事実だ。もし日本にいた頃、同じ話をユニから聞かされていたとしても、壮大《そうだい》過ぎて現実味がなかっただろう。

春夜が黙り込んだことで、ユニは自分が責められる謂《いわ》れはないと自信を持ったらしい。

『そうであろう。ハルヤがここに来れば、明らかになると思っていたからな。その首飾りを身に着けた人間を、国が無視できるわけがない』

「あ……そうだ。ビザが下りたのも……これのおかげだ。もしかしてアストラは、最初からわかってた？」

首にかけたペンダントを指先で摘《つ》まみ、アストラを見上げる。春夜とユニのやり取りを黙って見ていたらしいアストラは、ユニの言葉は聞こえていないはずだがどんな会話が交《か》わされたのか想像がついたのかもしれない。

春夜の問いに、曖昧《あいまい》な仕草で首を上下させた。

「すべてがわかっていたわけではない。ただ、滅多《めった》なことでは国外に出ることのないユニコーンの装飾品を持つ人物に、興味は引かれた。姿が見え、会話まで可能なのは王族だけのはずだから、ハルヤがユニコーンと交流できると知ったからには見過ごせるはずがない。過去に持ち出されたこともあるから、なにかのきっかけで装飾品を持っていたとしても、ユニコーンと意思疎通ができるとなれば別だ」

空港で、やけに強引《ごういん》に「うちにおいで」と誘《さそ》われた理由がこういうことなら、謎《なぞ》が解けた。ただの親切ではなく、春夜とユニコーンの装飾品の繋《つな》がりや、譲《ゆず》ったという曾祖母の正体を調べたかったのか。

遠い国からお嫁《よめ》に来たとしか聞かされていなかった曾祖母のことは、ずっと知りたいと思っていた。

でも、十代の終わりに命がけの壮絶《そうぜつ》な経験をしたのだと知った今は、あまりにも想定外で現実感が薄《うす》い。

衝撃《しょうげき》と混乱で呆然《ぼうぜん》としている春夜の右手を、アストラが両手で包み込むようにして触《ふ》れてくる。

「大戦前に亡くなったはずの人物が身に着けていた、特別な首飾りを持つハルヤが、どうして今のフロス・プルヴィアに入国しようとしたのか……真の目的がわからなかったから、警戒《けいかい》されていたんだ。首飾《くびかざ》りがレプリカなのか本物なのかも、ビザを発給した入国管理に係《かか》わる彼らには判別がつかなかっただろうし。真偽《しんぎ》の見極《みきわ》めも含《ふく》めて、僕が近くで見守るという条件でハルヤの身柄《みがら》を引き受けた」

「監視《かんし》だった、ってこと？」

ユニコーンの装飾品を持っている春夜が、この国でなにをしようとしているのか、ビザの申《しん》請《せい》をした時点で警戒されていた？

まさか、半世紀以上前に亡くなっているはずの曾祖母の子孫だとは思わなくて……動向を窺《うかが》われていたということか。

アストラが春夜に向けた笑顔《えがお》や言葉も、楽し気だったユニコーンの郷《さと》探しも、春夜を監視するという目的を前提とした偽《いつわ》りの言動だったのでは。

そう思い至った瞬間《しゅんかん》、自分でも驚《おどろ》くほどのショックに顔から血の気が引くのを感じた。

やはり春夜は、『能天気』で『ちょろい』考えなしのお人好《ひとよ》しなのだろう。いつの間にか、アストラは自分の味方だと信じていた。親切には理由がきちんとあったのだと知り、勝手に裏切られたような気になっている。

「そんな顔をしないで、ハルヤ」

表情を曇《くも》らせたアストラは、澄《す》んだアイスブルーの瞳《ひとみ》でジッと春夜を見下ろしている。

そんな顔……？

「おれ、どんな顔……してる？」

聞き返した声は力なく、泣きそうに掠《かす》れて情けない響《ひび》きだった。春夜と視線を絡《から》ませたアストラは、真摯《しんし》な眼差《まなざ》しで返してくる。

「たくさんの人がいるのに独りぼっちで、大都会の真ん中で迷子になったみたいな顔。空港のロビーで声をかけずにいられなかったあの時と、同じだ。可哀想《かわいそう》で可愛《かわい》くて、僕がついているから安心して、って……抱《だ》き締《し》めたくなる」

言葉の終わりと同時に両腕《りょううで》の中に抱き寄せられ、ビクリと身体《からだ》を強張《こわば》らせた。

なに？　どうして、アストラに抱かれているのだろう？

ただでさえ頭の中がぐちゃぐちゃになっているのに、もっとわけがわからなくなる。

「アス……」

長い腕に包み込まれる心地よさに身を預けてしまいそうになり、更《さら》なる混乱から逃《のが》れようと身を捩《よじ》らせる。

その動きを、これまでより強く背中を抱かれることで制された。

「監視じゃない。僕はただ、ユニコーンの姿が見えるハルヤの話を聞きたかっただけだ。首飾りを持つことを知った上で、ハルヤの入国を許可したと伯父《おじ》……入国管理局の長から聞いたのは、その後で……首飾りが本物だと知られれば、身に危険がないとも限らない。一番近くで、ハルヤを護《まも》りたかった」

そうだ。空港で最初に顔を合わせた時は、春夜にはユニコーンの姿が見えるということしかアストラは知らなかった。首飾りを曾祖母から譲り受けた話をしたのは、離宮《りきゅう》においでと誘われたその後だ。

「ユニコーンの装飾品《そうしょく》を継《つ》いだ王族が、誰《だれ》しもその姿を見て会話ができるわけではない。ユニコーンと話すことのできる清らかな心を持つハルヤに、ただ惹《ひ》かれたんだ」

耳元で、一生懸命《いっしょうけんめい》にアストラの声が語る。

いつもの飄々《ひょうひょう》とした余裕《よゆう》のある雰囲気《ふんいき》ではなく、離《はな》れようとする春夜を引き留めようと焦《あせ》っているみたいだ。

「誰かに言われたからじゃない。僕が、ハルヤと一緒《いっしょ》にいたいだけだ」

本当だよ、と繰《く》り返す声に心臓がドキドキ苦しくなってきた。

つい先ほどまでは、アストラに裏切られたような気分になって苦しかったのに……真逆の苦しさに戸惑《とまど》う。

「わ、わかった。アストラを信じる。裏のない、純粋《じゅんすい》な親切だった……って信じるから」

離してほしい、と軽く背中を叩《たた》く。このままだと、どんどん激しくなる動悸《どうき》に心臓がおかしくなりそうだ。

「うーん……純粋な親切と言われてしまったら、なんだか罪悪感が……」

苦笑《くしょう》混じりの言葉と共に、抱き締められていた胸元《むなもと》からようやく身体を離される。

足元に視線を落として大きく息をついた春夜は、引っかかった一言を聞き返した。

「罪悪感？」

どういう意味だろう？

恐《おそ》る恐るアストラを見上げる。真正面から目が合い、アストラは小さく笑みを浮《う》かべて春夜の髪《かみ》を指先で撫《な》でた。

「僕が抱き込んだせいかな、すごい癖《くせ》がついてる。……泣きそうだったハルヤが、いつもと同じ顔に戻《もど》った」

「泣きそうになんか、なってない」

反射的に言い返した台詞《せりふ》は言い訳じみた響きになってしまったけれど、アストラは「そういうことにしよう」と笑って整えたばかりの春夜の髪をくしゃくしゃと指先で乱した。

質問をはぐらかされたのではないかと気づいたのは、その後で……聞き直すタイミングを逃してしまった。

「ユニコーンの郷探しは続けるよね」

手触《てざわ》りを楽しむかのように、春夜の髪に触れながら尋《たず》ねてきたアストラの言葉に答えたのは、春夜の肩口《かたぐち》にいるユニだった。

『当然だろう。仲違《なかたが》いするでないぞ。ただし、度を越《こ》して仲を深めるのも禁止だ』

仲違いをするな、はわかる。

でも、度を越して仲を深めるという台詞は、妙《みょう》に意味深では。

潜《ひそ》めた声で、ユニに「なに言ってんのか、わけわかんないんだけど」と返しておいて、改めてアストラを見上げた。

「ええと、当然だ……ってユニが」

アストラにユニの返答をそのまま伝えることはできず、最初の一言だけ伝言する。アストラは、ホッとしたように笑った。

「ハルヤに嫌《きら》われなくて、よかった。じゃあ、改めて……よろしく」

自然な仕草で右手を差し出されて、握手《あくしゅ》か？　と、そろりと自分の右手を伸《の》ばす。

「嫌いには、ならないけど……」

春夜に嫌われたところで、アストラにはなにも問題はないだろう。アストラから突《つ》き放されて困るのは、無一文で宿なしの春夜のほうだ。

監視ではなく、護ろうとしてくれていた……しかも、恩に着せようとするのでもなく、自分が一緒にいたいという理由で春夜に衣食住を提供してくれる。

一瞬《いっしゅん》でも、信頼《しんらい》を裏切られたみたいな気分になったことが、恥《は》ずかしくなってきた。

「アストラ……ごめ」

握手と共に、ごめんと謝ろうとした春夜が言葉を途《と》切《ぎ》れさせたのは、触れた手を強く引かれたせいだ。

手を差し伸べたアストラが目的としていたのは、握手ではなく、春夜の手の甲《こう》へのキスで…

……カーッと顔が熱くなる。

「女の子じゃないんだから、やめてくれないかなっ。ハマりすぎてて怖《こわ》い」

咲《さ》き誇《ほこ》る薔薇《ばら》を背に、背中を屈《かが》めて手の甲にキス……など、キラキラとしたアストラの容姿も相俟《あいま》ってあまりにも絵になる姿だ。

相手役が美女ではなく自分であることが、申し訳なくなる。

赤面して飛び退《の》いた春夜の反応が、予想より過剰《かじょう》だったのか、アストラは俯《うつむ》いて肩《かた》を震《ふる》わせていた。

「からかっただろ。悪趣味《あくしゅみ》だな」

「まさか。ハルヤをからかったりしないよ」

「素《す》なら、もっとタチが悪い。……奥のほうも、見ていい？」

「もちろん。ハルヤの好きにしていい」

紅潮した頬《ほお》を隠《かく》したくて、アストラに背を向けた。

計算しての行動ではないのなら、ものすごく悪質だ。女性なら……女性ではないのに、心臓が誤作動を起こしてドキドキしている。

視界の隅《すみ》に映るユニが、

『純潔は守るのだぞ。適度に仲良くな』

と忠告してきたけれど、聞こえないふりをして足早にガーデンの奥を目指す。

接触《せっしょく》を抑《おさ》えろという文句は、アストラに言ってほしい。

心の中で、アストラ相手に純潔を守るとか……なんなんだ、とぼやいて小走りで薔薇の小道を進んだ。

《六》

曾祖母《そうそぼ》の身元や、曾祖父《そうそふ》と婚姻関係《こんいん》を結んで日本へ渡《わた》ることになった詳細《しょうさい》な経緯《いきさつ》が判明した日から、三日。

心に留《とど》まっていた大きな疑問が一つ解き明かされたからといって、特になにかが変わったわけではない。

ユニコーンの郷《さと》らしき場所を訪《おとず》れては、空振《からぶ》りに終わり……アストラは、相変わらずスキンシップ過多で妙に距離《きょり》が近い。

唐突《とうとつ》に抱《だ》き締《し》めたり、挨拶代《あいさつが》わりにキスをしてみたり。

そのたびに、慌《あわ》てて距離を取る春夜に笑いながら、

「ユニコーンは邪魔《じゃま》をしない？　どこまで接触したら、妨害《ぼうがい》されるのかな」

と耳元に口づけてくるあたり、春夜をからかっているのか、ユニをからかっているのか……どちらにしても悪趣味だ。

朝食後。

今日もユニコーンの郷探しかなと、出かける準備のために部屋へ戻ろうとした春夜は、背後

から名を呼ばれて足を止めた。

「ハルヤ」

「な……なに？」

アストラの声に振《ふ》り向きながら、反射的に腕《うで》を上げて防御《ぼうぎょ》の構えを取る。アストラは予想より距離を置いた位置に立っていて、目が合った春夜にクスリと笑った。

アストラに触《ふ》れられることを前提に身構えるなど、自意識過剰だ。

一人で意識して、恥ずかしい……と腕を下ろして足元に視線を落とした直後、視界にアストラの爪先《つまさき》が映った。

「可愛《かわい》い反応。だから、抱き寄せたくなるんだよね」

「おれが悪いのかっ」

意図してかどうかは不明だが、時間差で腕の中に抱《だ》かれて、やはりスキンシップ過多ではないかと逃《のが》れるために身を捩《よじ》らせる。

「なにか話があるから、呼び止めたんじゃないの？」

ようやくアストラの腕から抜《ぬ》け出した春夜は、声をかけてきた理由を話せと上目遣《うわめづか》いでアストラを見上げる。

アストラと春夜の攻防《こうぼう》はすっかり見慣れたものになったのか、常に寡黙《かもく》なアヴィスはなにを思っているのか読めないポーカーフェイスで廊下《ろうか》の端《はし》に控《ひか》えていた。

「ああ、そうだった。残念ながら、今日の外出は取り止《や》めだ。どうやら、僕の友人が訪ねてくるらしい」

「じゃあ、おれはガーデンを散策しておく」

アストラが友人と会うのなら、無関係の春夜は邪魔だろう。広いガーデンを散策していれば、時間を持て余すということはない。

「いや……」

そう思って答えたのに、アストラは珍《めずら》しく歯切れの悪い一言を口にして思案の表情で視線を泳がせた。

首を傾《かし》げた春夜と視線が絡《から》み、仕方なさそうに続ける。

「イギリスからだ。たぶん、すぐ帰るのではなく数日滞在《たいざい》する。少し厄介《やっかい》なところもあるが、根は悪い人間じゃないから……なにか言われても気にしないでいい」

「逆に、すごく気になるんだけど」

わざわざ厄介だと予告されるのも、春夜から見れば十分厄介なアストラから厄介だと言われることも……恐《おそ》ろしい。

春夜が表情を強張《こわば》らせたせいか、アストラは、

「本能に忠実な、我が儘《まま》な子どもだとでも思ってくれればいいから。だよな、アヴィス」

そんな、フォローになっていない台詞《せりふ》を口にしてアヴィスに同意を求めた。

どうやら、アヴィスも見知っている人物らしい。

「アストラ様に関することでは、そうかもしれません。ハルヤ様は、……アストラ様から少し距離を置かれていればいいかと」

控え目にアストラに同意すると、春夜へアドバイスらしき言葉を続ける。

つまり、アストラに係《かか》わらなければ『厄介』に巻き込まれることはない、と。

アストラだけでなく、アヴィスにまでそこまで言われる人物に、かえって興味が湧《わ》いてしまった。

ただ、好奇心《こうきしん》は猫《ねこ》を殺すという戒《いまし》めの言葉もあることだし、ここは素直《すなお》に助言に従うべきだろうか。

「とりあえず、日中はガーデンで過ごすよ」

「そうだな。夕食の席で、紹介《しょうかい》をする」

いつも飄々《ひょうひょう》としているアストラが苦笑《くしょう》するあたり、やはり相当なクセモノらしい。

普段《ふだん》は摑《つか》みどころのない言動で春夜を振り回すアストラが、ペースを崩《くず》される相手とはどんな人だろう。

困った顔をするアストラを覗《のぞ》いてみたい……と思ってしまうのは人が悪いとわかっているが、日々過剰なスキンシップで感情を揺さ振られていることへのささやかな意趣返《いしゅがえ》しだと思えば少しくらい……。

『ハルヤ、よからぬことを考えているな。悪感情が伝わってくるぞ』

「人聞きが悪いな。ちょっとしたイタズラ心だろ」

内心の企《たくら》みを見透《みす》かされたユニに咎《とが》められたけれど、悪感情と大袈裟《おおげさ》な言い方をされるほどではないはずだ。

ユニとの会話が聞こえていないアストラは不思議そうな顔をしていて、春夜は「ユニに言い返しただけ。なんでもない」と誤魔化《ごまか》してそそくさと部屋に戻《もど》った。

直接係わると大変そうだけれど、厄介な友人に振り回されて困るアストラをこっそり陰《かげ》から覗き見るのは、やはり楽しそうだ。

『また妙《みょう》な笑《え》みを浮《う》かべおって』

「……だってさ、ちょっと面白《おもしろ》そうだろ」

開き直って否定することをやめた春夜に、ユニは呆《あき》れたように『火の粉が降りかかっても知らんからな』と角を振った。

火の粉くらい、もし降りかかってきてもパパッと払《はら》えばいいのでは。

……そんなふうに軽く考えていたことを、半日後には後悔《こうかい》することになる。

□
□
□

「じゃあ、このあたりの薔薇《ばら》は春と秋の二季咲《ざ》きで……こっちは冬に咲くんですか？」

「だいたいそうだ。あちらのものは夏」

帽子《ぼうし》を被《かぶ》った初老の男性が指差したほうを、背伸《せの》びをして覗き見る。今の季節は、緑の葉しか見ることができない。

「疫病《えきびょう》対策は……ダメか。薔薇の、病気の薬は、どうしていますか……でいいかな」

スマートフォンに表示された文字を男性に見せると、足元に置いてある籠《かご》に入ったスプレー容器を指差した。

できれば、そのスプレーの中の液体の正体を知りたいのだが……これ以上複雑なやり取りは、難しそうだと嘆息《たんそく》する。

「お邪魔をしないので、傍《そば》で見てていいですか？」

「……どうぞ」

「ありがとうございます」

春夜の問いにうなずいた男性の斜《なな》め後ろで、邪魔をしないように作業を見守る。

手際よく薔薇の葉についた虫をピンセットで取り除き、スプレーを軽く吹《ふ》いて蕾《つぼみ》の状態を確かめる。隣《となり》の一角に移り、慣れた様子で次々と薔薇の手入れをする男性は、もう春夜の存在を忘れているのかもしれない。

ガーデンを歩いている時に、手入れをしている庭師らしき男性を見かけて声をかけたのだ。

初老の男性は突然《とつぜん》現れて人懐《ひとなつ》っこく話しかけてきた外国人に驚《おどろ》いていたが、ハルヤが片言の英語と身振《みぶ》り手振りで「不法侵入《しんにゅう》者ではない」ことと「アストラの友人だ」と説明したら、少し警戒《けいかい》を解いてくれた。

男性に薔薇の手入れについて質問をしたくて、話しかけたけれど……英語教育を受けた世代ではないらしいことに加え、春夜の拙《つたな》いラテン語がほとんど通じないのには参った。

スマートフォンの翻訳《ほんやく》機能を使っても、フロス・プルヴィアで独自に進化したというラテン語は『フロス・プルヴィア・ラテン語』とでも呼ぶべきか……半分くらいは通じない。

それでもなんとか単語とボディランゲージを駆使《くし》して話しかけたが、会話が途切《とぎ》れがちになってしまうのはもどかしい。

この、広大で美しいガーデンを管理している庭師に、聞きたいことはたくさんある。

「すごいな。プロフェッショナル、っていうか職人って感じだ」

黙々《もくもく》と仕事を続ける男性の大きな背に、庭木の手入れをする祖父や父親の背中が重なって見えた。

国や向き合う植物は違《ちが》っても、真剣《しんけん》に自分の仕事をする人の姿勢は変わらないらしい。

仕事の邪魔《じゃま》になるだろうから話しかけるのは止《や》めようと決めたが、近くで見ているだけでも得るものはある。

時間も忘れて庭師についてガーデンを移動していると、少し離《はな》れたところから「ハルヤ様」と呼ぶ声が聞こえてきた。

屈《かが》めていた腰《こし》を伸《の》ばした春夜は、声が聞こえたほうを振《ふ》り向いて「はいー！　ここ！」と答える。

さほど待つことなく、薔薇のアーチをくぐったアヴィスが姿を現した。

「なかなか姿が見えないので、なにかあったのかと……ここでなにを？」

ガーデンの中を走ったのか、冷静沈着《ちんちゃく》なアヴィスが珍しく息を切らしている。春夜と、すぐ傍にいる庭師とを見比べて、不思議そうに目を瞬《しばた》かせた。

「庭師さんの仕事を、見学させてもらっていたんだ。おれも一応、造園関係の勉強をしていたから……」

庭師は、アヴィスに軽く頭を下げて作業の続きに戻った。彼がアストラの側近であることは知っているはずなので、春夜が説明した「アストラの友人」という言葉の裏付けになっただろう。

「…………」

「……？」

アヴィスがなにやら話しかけた庭師は、手を止めて振り返り、少し驚いた顔で春夜を見て軽く頭を下げる。

「アヴィス？　なに言ったの？」

「アストラ様の大切な方です……と」

「大切……変に、誤解されそうな言い回しだな」

真顔で短いやり取りの説明を受け、視線を泳がせる。

苦笑する春夜に、アヴィスが淡々《たんたん》と言葉を続けた。

「ハルヤ様のお戻りが遅《おそ》いので、アストラ様が心配されていました。日没《にちぼつ》が近づいて肌寒《はだざむ》くなってきましたし、戻りましょう」

「うん。……あの、ありがとうございました。また今度、見学させてもらえると嬉《うれ》しいです」

庭師に、お礼を告げて頭を下げる。笑いかけた春夜に、初老の男性は慌《あわ》てたように帽子を取って頭を下げ返してきた。

アヴィスが変な言い方をしたせいで、恐縮《きょうしゅく》させてしまったようだ。不審《ふしん》人物扱《あつか》いをされるよりは、マシなのかもしれないが……。

「アストラと、例の友人は？」

薔薇に囲まれた小道を歩きながら、アストラ自身が迎《むか》えに来るのではなくアヴィスが春夜を呼びに来るのは珍《めずら》しいなと、小首を傾《かし》げる。

アヴィスは、あくまでもアストラの従者なのだ。春夜を気遣《きづか》ってくれるのはアストラの客人だからであって、春夜に仕えているわけではない。

「歓談中《かんだん》です。久々の再会ですので、離してもらえないようで……」

「イギリスからってことは、アストラが留学していた頃《ころ》の友人だよね。久し振《ぶ》りに会った友達とは、会話が弾《はず》んでも当然か」

自分に置き換《か》えても、高校時代に仲の良かった友人と数年ぶりに顔を合わせれば、話し込むだろうと思う。

今でも仲良しなんだな、と笑う春夜に、アヴィスは何故《なぜ》か「仲が悪いわけではないと思いますが」と曖昧《あいまい》な答えを口にする。

仲が良さそうなのに、厄介《やっかい》だと言ってみたり……不可解なものを抱《かか》えながらガーデンを出たところで、こちらに向かってくるアストラの姿が目に入った。

「ハルヤ！　戻りが遅いから、なにかあったのかと心配した。長く放《ほう》っておいたりして、ごめんね」

春夜の前まで小走りで来たアストラは、両手で春夜の右手を握《にぎ》って謝りながら、ものすごく悪いことをしたように顔を曇《くも》らせる。

春夜は、けろりと笑って首を左右に振った。

「心配無用。謝られることはなにもないよ。庭師さんにくっついて仕事の見学をするの、楽しかった！」

「……淋《さび》しかった、って怒《おこ》ってくれればいいのに。まぁ……ハルヤが楽しかったのなら、いいけど」

春夜の答えに、アストラは残念そうにぼやき……複雑な表情で微苦笑《びくしょう》を浮《う》かべて、春夜の髪《かみ》に顔を近づける。

「な、なに？」

「ずっとガーデンにいたから、薔薇の香《かお》りが移っている。いい匂《にお》い」

「ふっ……くすぐった、っ……犬じゃないんだから」

鼻を埋《うず》めるようにして髪の匂いを嗅《か》いでいたかと思えば、耳元に移動してきて、吐息《といき》に首筋をくすぐられる。

笑いながら首を竦《すく》めて逃《に》げかけた春夜は、唐突《とうとつ》に目の前のアストラが身体《からだ》を引いたことに気づいた。

いつもなら、なかなか逃がしてくれない。アストラから身体を離すなど珍しい……と顔を上げた先に、キラキラ夕陽を反射する眩《まぶ》しいものがあって目を細めた。

「アス、……？」

眩しさの正体は、すぐにわかった。アストラの右腕《みぎうで》に、両手でしがみつくような体勢で話しかけている青年の髪だ。

アストラのプラチナブロンドとは違い、太陽と同じ色の髪は夕陽を乱反射しているようで更《さら》に眩《まばゆ》い。

「アーネスト。……！」

青年の名前らしいものを呼びかけたアストラは、ぽつぽつとなにやら告げる。アストラを見ていた青年の目が、春夜に移動して……鋭《するど》く睨《にら》みつけられた。

気のせいではない。あからさまに敵愾心《てきがいしん》を感じる視線だ。

初対面の人に、天敵と遭遇《そうぐう》した野生動物のような目で睨まれて、人懐っこいとか能天気だとか言われている春夜もさすがに怯《ひる》む。

咄嗟《とっさ》に挨拶《あいさつ》の言葉も出なくて立ち尽《つ》くしていると、アストラが青年に抱《だ》き込まれていた腕《うで》を引き抜《ぬ》いた。

なにやら文句を言われたようだが、苦笑しながら片手で制して春夜を見下ろしてくる。

「紹介《しょうかい》する。アーネストだ。隣の青年は、アーネストの従者であるリチャード」

「初めまして。松澤春夜です。ハルヤ・マツザワ……」

アストラの紹介は日本語だったけれど、英語でなければ通じないか？　と言い直そうとした春夜を、アーネストは無言でジッと睨み続けている。

その隣《となり》にいる、リチャードと紹介されたアストラとほぼ同じ背丈《せたけ》の黒髪《くろかみ》の青年は、丁寧《ていねい》な仕草で春夜に頭を下げた。

刺々《とげとげ》しいアーネストの態度は、どうしたことだろう。困った、と視線でアストラに助けを求めた。

「日本出身の共通の友人がいたから、彼も日本語も話せるはずだけど……アーネスト。さっきも話したハルヤだ」

アストラに挨拶を促《うなが》されたアーネストは、突然《とつぜん》大きく一歩足を踏《ふ》み出して春夜の目前に立った。

金色の髪、グリーンの瞳《ひとみ》、鼻筋が高くて少し薄《うす》い唇《くちびる》は桃色《ももいろ》。……ハイブランドの広告から抜け出してきたような、迫力《はくりょく》のある美形だ。

十センチ余り高い位置から春夜を見下ろし、ジロジロと観察する目つきで足元から頭まで視線を巡《めぐ》らせる。

ようやく、春夜に向かって口を開いたかと思えば……。

「特徴《とくちょう》のない、ただの子どもじゃないか。アストラの隣にいれば見劣《みおと》りする容姿で、頭が良さそうでもない。こんなのの、どこがいい？」

流暢《りゅうちょう》な日本語による、初めましての挨拶にしては強烈《きょうれつ》な台詞《せりふ》だった。

それも、アストラとは種類が異なる美形の口から出た自分の評価に反論できる材料はなくて、唖然《あぜん》として硬直《こうちょく》する。

「アーネスト！　すまない、ハルヤ。あー……風が冷たくなってきたから、帰ろう」

アストラが謝っても、当人は素知らぬ顔でそっぽを向いている。

帰ろうと促したアストラの腕を取り、春夜を完全に無視して「温かいお茶を飲みたい」と、さっきまでとは別人のように笑いかけている。

春夜は、その場から動けずにいたけれど、

「……ハルヤ様」

「うわっ、ごめん、ぼーっとしてた。なるほど……厄介……」

アヴィスに名前を呼ばれたことで、我に返った。

事前に聞いていた『厄介』とか『本能に忠実な、我が儘《まま》な子ども』とかいう言葉の意味はコレか、と並んで歩く二人の背中を見詰《みつ》める。

どうやら春夜は、会話を交《か》わすまでもなく敵として認定《にんてい》されてしまったらしい。

腹が立つとか悲しいとかいうよりも、度肝《どぎも》を抜かれて呆然《ぼうぜん》とするしかない。

「申し訳ございません。アーネスト様は、アストラ様が自国の宮に自分以外を招き入れていることに機嫌《きげん》を損《そこ》ねていまして……」

これまで無言だったリチャードが、大きな身体を小さくして春夜に謝罪してくる。全身から恐縮《きょうしゅく》が伝わってきて、頬《ほお》の強張《こわば》りが解けた。

「えーと、一言で言えば拗《す》ねてる……ってことだよね。おれは気にしないから、平気。子どもっぽいとか見劣りするとか、本当のことだし」

少しばかりグサリと突《つ》き刺《さ》さったが、違《ちが》うと言い返せないのだからどうしようもない。

ははは……と笑った顔は多少無理しているように見えたはずだが、リチャードとアヴィスはなにも言うことなく目を伏《ふ》せた。

「ハルヤ！」

「……アストラ様がお呼びです」

振《ふ》り向いて春夜を呼んだアストラは、ずいぶんと先に行っている。

アヴィスに促されて足を踏み出したけれど、最初の一歩は地面に接着剤《せっちゃくざい》で留められているのではないかと思うほど重かった。

『正直だが、ずいぶんと失敬な男だな』

「ユニ……おれに、追い討《う》ちをかけてる」

ふわりと視界を過《よぎ》ったユニは、アーネストの第一印象をそう語ったが、春夜への評価は否定しないのか。

苦笑した春夜だったけれど、次にユニの口から出た言葉に笑《え》みを消した。

『アストラは、あやつと関係を持ったのだな』

「えっ、そんなことがわかるんだ？」

見てわかるものなのかと、アストラとアーネストの後ろ姿をジッと見詰める。

……春夜には、なにもわからない。

『弟の気が立っておるからな。まぁ、純潔を失《な》くした相手かどうかまではわからんが、かつて交接したことは間違《まちが》いない』

「なるほど……」

同性相手に？　という疑問は、不思議と湧《わ》かなかった。

アストラもアーネストも、生々しさを感じさせないくらい綺麗《きれい》で、性別など問題の外に追い出せてしまう。

「あ……れ？　なんか、変かも」

無意識に、並んで前を歩く二人の姿を目で追っていた春夜だったけれど、胸の奥に鈍《にぶ》い痛みを感じて眉根《まゆね》を寄せた。

ズキズキ……モヤモヤ、気持ち悪い。

拳《こぶし》を握って胸の真ん中を軽く叩《たた》いてみても、気持ち悪さが治まる気配はない。

『どうしたハルヤ』

「胸焼け、かなぁ。よくわかんない。ただ単に、お腹が空《す》いただけかも」

説明のつかない気持ち悪さを空腹のせいにして、歩くスピードを上げた。

これまで感じたことのない胸の気持ち悪さの理由が、アストラとアーネストだとは思わない。思いたくない。

かつて、その姿を目にして会話もできていたというアストラが、ユニコーンとの交流を途絶《とだ》えさせた『原因』などわかっていたことだ。

目の前に突きつけられたからといって、春夜が動揺《どうよう》するわけなどない。

それはまるで、アストラを特別に意識しているみたいで……。

「いやいやいや、違う。おれ以外にも、アストラはスキンシップ過多なんだろうし……ただの、外国人の距離感《きょりかん》だ」

時おり腕や肩《かた》に触《ふ》れながら歩く二人の姿に、深い仲だと見せつけられているのではないかと感じるのは、邪推《じゃすい》というものだ。

胸が変になるならもう見ない、と決めてアストラとアーネストから視線を逸《そ》らす。

『変だぞ、ハルヤ』

「自分でもそう思うよ」

小声でユニに言い返して、もう一度少し強く胸の真ん中に拳を打ちつけると、深く息をついた。

早く、この気持ち悪さが消えてくれればいいのに。

《七》

金糸のような豪奢《ごうしゃ》な髪《かみ》、エメラルドグリーンの瞳……恐《おそ》ろしく綺麗だから、見下すように睨《にら》みつけてくる目には迫力がある。

「お子様は、早く寝《ね》たほうがいいんじゃないの？　背が伸《の》びなくなるよ……だって」

浴場から戻《もど》る途中《とちゅう》、廊下《ろうか》ですれ違いざまにアーネストから投げつけられた言葉を思い出すと、握《にぎ》り締《し》めた拳が小さく震《ふる》えてしまった。

「うぅぅ、怒《おこ》っても仕方ないってわかってるけど。睨みつけるわ、嫌味《いやみ》を言ってくるわ、なんなんだ……ぅがぁー！」

『ハルヤ……獣《けもの》になっているぞ』

ベッドにうつ伏《ぶ》せで転がり、手足をバタバタさせながら唸《うな》る春夜に、頭の脇《わき》からユニの冷静なツッコミが入る。

手足の動きを止めた春夜は、ピローに顔を埋《うず》めてボソッと返した。

「獣でいい」

唸って、吠《ほ》えて、少しでもスッキリするならどう言われてもいいと開き直る。

その体勢で動きを止めていると息苦しくなり、身体《からだ》を反転させて仰向《あおむ》けになった。

「ユニも文句を言えば？　アーネストのおかげで、郷《さと》探しが中断されているんだからさ」

アーネストがアストラにベッタリとくっついているせいで、三日もユニコーンの郷探しに出かけられていないのだ。

春夜が話しかける隙《すき》もないほど、アストラを独占《どくせん》している。しかも、きっとわざと会話は英語なので、疎外《そがい》感がものすごい。

「おれがこの国にいられるの、あとちょっとなんだぞ。次は、いつ来ることができるか……もう来られないかもしれないんだから」

あと半月ほどで、春夜は日本へ帰らなければならない。帰国すれば、距離《きょり》的《てき》にも時間的にも金銭的にも、頻繁《ひんぱん》に来ることができる国ではない。

そんなことは最初からわかっていたことなのに、声に出すと、現実として重く圧《お》し掛《か》かってくる。

淋《さび》しいのは、すっかり馴染《なじ》んで今では大好きになった、フロス・プルヴィアから離《はな》れることが？　それとも……。

『ハルヤ』

「……待って。誰《だれ》か来た？」

扉《とびら》を叩くような音が耳に入り、ベッドに寝転がっていた身体を起こした。耳を澄《す》ましたけれど、夜の廊下はシンと静まり返っている。

気のせいだったかと思ったところで、コンコンコンと確かにノックだとわかる音が聞こえてくる。

「誰だ⁉」

就寝間際《しゅうしんまぎわ》に訪ねてくる人物に心当たりはなくて、恐る恐る扉を開けた。そろりと開けた隙間《すきま》から見えたのは、金髪《きんぱつ》……。

「アーネスト……さん」

意外な人物の訪問に驚《おどろ》き、一言零《こぼ》したきりなにも言えなくなる。

アーネストの背後には、たいてい傍《そば》にいるリチャードが立っていて、視線が合った春夜に無言で目礼をした。

「話がある」

春夜を睨むような目つきはそのままで、ポツリと深夜の訪問の理由を口にする。

リチャードは夜にもかかわらずスーツ姿だが、アーネストは春夜と同じフロス・プルヴィアの寝間着《ねまき》姿だ。

武器らしきものは持っていない、とアーネストに失礼なことを確かめてしまったのは、常に刺々《とげとげ》しく睨みつけてくるせいだ。

「……どうぞ」

もう寝るところだからと追い返してもよかったけれど、春夜に事あるごとに敵愾心《てきがいしん》を向けてくるアーネストの話とやらに興味が湧いて、扉を大きく開けて招き入れた。

アーネストに続いてリチャードも室内に入ると、静かに扉を閉めた。

アヴィスが言うには、アーネストはイギリスの貴族階級に属する人物らしい。国の今後のために外国との繋《つな》がりを必要とするアストラは、アーネストを無下に扱《あつか》うことができないので……と春夜を放置することの言い訳らしきものを聞かされた。

アストラからではなく、アヴィスからの説明だったのが胸に渦巻《うずま》くもやもやを加速させたのだが、この三日間はアーネストが常に傍にいてアストラとゆっくり話すこともできなかったのだから仕方がない。

春夜など眼中にない、と言わんばかりの態度だったアーネストが……夜中に、なんの話だろう。

「泣きそうな顔だけど、警戒《けいかい》してる？」

鼻で笑われた、と感じたのは気のせいではないはずだ。気迫《きはく》負けするのはなんだか悔《くや》しくて、目を逸らすことなく首を横に振《ふ》った。

「いえ……まぁ、少し。警戒というよりも、緊張《きんちょう》です」

否定とも肯定《こうてい》とも取れる言葉に続けて、警戒ではないと言い直した。

春夜が返した言葉は意外だったのか、眉《まゆ》を震わせたアーネストは低く舌打ちをして足元に視線を落とした。

腰《こし》かける場所は、一人がけの椅子《いす》以外だとベッドしかない。ついさっきまで春夜が転がっていたせいで、ぐしゃぐしゃに乱れたベッドに座ってくれと言えるわけもなく、立ったまま向かい合った。

「留学生としてカレッジに現れたアストラは、誰が見ても特別な人間だった。際立った高潔な容姿も、気高い空気も……本人が語らなくとも、どこかの王族だという噂《うわさ》が立つのはあっという間だった。それでなくても、皆《みな》が親しくなりたがったよ。毎日のように話しかけて、僕が一番アストラと仲良くなったと思っていたのに、どんなに頼《たの》んでも国に招待してくれなかったんだ。だから、黙《だま》って押しかけてきたら……ここにいるのが当然みたいな顔で、ハルヤがいて驚いた」

最初から春夜が気に入らないと全身で示していた理由は、アストラが自宅である離宮《りきゅう》に滞在《たいざい》させていたことのようだ。

強張《こわば》った顔のアーネストに、春夜も招待されたわけではないことを語る。

「それは、訳があって……おれの曾祖《そうそ》母《ぼ》がこの国の出身だったから、空港で路頭に迷いかけていたおれをアストラが助けてくれただけです」

途方《とほう》に暮れていた春夜が空港で拾われたことと、曾祖母に関するあれこれが判明した時期は前後しているけれど、無難な説明をするとなればこれが一番だろう。

ハルヤの言葉を聞いても、アーネストは表情を緩《ゆる》めない。こちらに向けられた鋭《するど》い視線から感じる敵意も、そのままだ。

まるで、蛇《へび》に睨まれた蛙《かえる》になったみたいに動けない。

「アストラは、ハルヤが特別なんだって……笑った。あんなに優《やさ》しい顔、僕は一度も見せてもらったことがない。ベッドの中でも、クールで……いつも冷めた目をしていて、友人以上にしてくれなかったのに……」

ジリ……ジリと、一歩ずつ近づいてくるアーネストは、視線で春夜を射貫《いぬ》こうとしているみたいだった。

いくら能天気だと笑われる春夜でも、これほど露骨《ろこつ》に威嚇《いかく》されては危機感を煽《あお》られる。

ベッドの中でもクールだった、という言葉に鈍《にぶ》い痛みが胸の奥に走るのと合わせて、どんどん息苦しくなってきた。

密室に二人きりではない。リチャードもいるのだから、身の危険などないと自分に言い聞かせても、手のひらに冷たい汗《あせ》が滲《にじ》む。

「ハルヤは、清らかな身と心の持ち主なんだってね。わけわかんないけど、それって純潔の乙《おと》女《め》みたいなもの？」

アストラとアーネストのあいだでどんな会話があったのか、春夜には想像もできない。清らかな身と心の持ち主とは、ずいぶんと抽象《ちゆうしよう》的な表現だと思う。

ただ、アストラの台詞《せりふ》の根拠《こんきょ》は春夜にユニコーンが見えるということで、アーネストにはわけがわからないと言われて当然だ。

「さ……さぁ。おれは、自分を清らかだなんて思ってないけど。嘘《うそ》もつくし、ズルいこととかエッチなことも考えるし……学校をサボったことも、姉ちゃんたちのおやつをこっそり盗《ぬす》み食いしたこととかもあるし」

清らかという評価を否定するためしゃべっているうちに、自分でもなにを言っているのか混乱してきた。

そこまで暴露《ばくろ》しなくてもよかったのでは、と気づいて口を噤《つぐ》んだ時には後の祭りだ。

春夜の言葉を聞いて目を瞠《みは》っていたアーネストは、一拍遅《いっぱくおく》れて「クッ」と肩《かた》を揺《ゆ》らした。皮肉《ふく》を含んだものとはいえ笑顔《えがお》を初めて見て、少し緊張を解く。

「それでもアストラは、ハルヤを神聖視しているみたいだ。それって、清らかな身ではなくなっても、変わらないのかなぁ」

言葉の終わりと同時に強く手首を掴《つか》まれて、反射的に後退《あとずさ》りをした。部屋の真ん中に壁《かべ》などないはずなのに、背中がなにかにぶつかって動けなくなる。

「あ……」

首を捻《ひね》って背後を確認《かくにん》すると、いつの間にそこに立っていたのか無表情のリチャードが春夜の退路を断っている。

摑んでいた春夜の手首を忌ま忌まし気《い》に振り払《はら》ったアーネストは、リチャードに向かって低く言い放った。

「めちゃくちゃに傷つけてやって。アストラもハルヤも、許さない」

「ちょ……と、待て。嘘だろっ。こんなので、腹いせになるのかよっ」

アーネストの言葉の意味を理解した瞬間《しゅんかん》、カッと頭に血が上る。最初から敵愾心を向けられていたのだから、八つ当たり混じりに攻撃《こうげき》されるかもしれないという警戒はしていたけれど、予想外の手段だ。

逃《に》げようとしても、背後から両腕《りょううで》を摑むリチャードの力は強くて……動けない。

「ユニ、貞操《ていそう》の危機だぞ。妨害《ぼうがい》しろよ！」

春夜に『純潔を守れ』と、耳にタコができるほど言っているのだ。今こそ割って入る時だろうと、すぐ近くにいるはずのユニに呼びかける。

「なに言ってんの？」

『確かに危機……かもしれんが、もともと我らは守護を得意とする聖獣《せいじゅう》なのだ。物理攻撃は不得意だ』

「肝心《かんじん》な時に……っ馬鹿《ばか》」

怪訝《けげん》そうに口にしたアーネストの目前に、ユニが現れる。当然ながらユニの姿が見えていないアーネストは、ハルヤの様子に眉を顰《ひそ》めた。

「暴れると余計な怪我《けが》をするよ。リチャードは武術の腕《うで》も超一流《ちょういちりゅう》だ」

「ッ……暴れないでいられる、っかよ」

身体《からだ》を捩《よじ》ると、肩の関節がギリギリと痛む。どんな言葉で脅《おど》されても、諦《あきら》めて大人しく言いなりになってなどやるものかと、全身に力を込めた。

『あああ、こうなれば……少し待て！』

角を振って言い残したユニが姿を消してしまい、春夜はますます焦燥感《しょうそうかん》に駆《か》られた。

純潔を守れというユニに反発し続けていたけれど、こんなパターンは想定していなかった。

心臓がドクドクと激しく脈打ち、頭の中を「嫌《いや》だ」という言葉が駆け巡《めぐ》る。

「や……」

「申し訳ない。少しだけ力を抜《ぬ》いてください。怪我をさせたくない」

「っ？」

頭のすぐ傍《そば》で、こっそりと話しかけられて動きを止めた。

春夜を羽交《はが》い締《じ》めにしたリチャードは、アーネストから口元が見えないように身体の向きを変えて言葉を続ける。

「アーネスト様は、本気ではないはずです。必ず途中《とちゅう》で止められると思いますので、少しだけ我慢《がまん》してください」

「そんなの……」

どうして、言い切れる？　止められなかったら、どうする気だ。

リチャードの台詞を信じてもいいのかどうか迷いつつも、全力で抵抗《ていこう》していた手足から力が抜ける。

「諦めるんだ？　アストラは……怒《おこ》るかな」

春夜が抵抗を諦めたと思ったのか、「ふふっ」と笑ったアーネストがポツリとつぶやいた。

横目で見遣《みや》ったその顔は、勝利に浸《ひた》るものでも春夜への嘲笑《ちょうしょう》でもなく、迷いを感じさせるどこか頼《たよ》りない表情で……頭に浮《う》かんだ言葉をそのまま告げる。

「友人だと思ってたあんたがこんなことをしたら、怒るより傷つくと思うよ」

反論することなく俯《うつむ》いて唇《くちびる》を噛《か》んだアーネストに、リチャードの読みは正しいのだろうと納得《なっとく》した。

春夜の腕を摑んでいたリチャードの手から、力が抜けた……その直後。

「ハルヤ！　おまえたち、なにをしている」

勢いよく扉《とびら》が開いて、アストラが大股《おおまた》で近づいてきた。

リチャードから奪《うば》い取るように春夜を腕の中に抱《だ》き込むと、厳しい口調でアーネストを詰問《きつもん》する。

「どういうつもりだ。返答によっては、友情もここで終わりだな」

「……アストラ。あのさ、これは」

「ハルヤは黙《だま》ってろ。僕が質問しているのは、アーネストとリチャードだ」

顔を上げようとした春夜の頭を、アストラの腕がギュッと抱き締《し》める。その手が、小刻みに震《ふる》えていて……抱き込まれた胸元《むなもと》からは激しい動悸《どうき》が伝わってきた。

なにも言えなくなった春夜は、アストラの腕の中でそっと息をつく。

危機が去った今になって、膝《ひざ》が震えてきた。アストラに触《さわ》られるのと、リチャードに腕を摑まれるのとでは、なにもかも違《ちが》っていた。

「アーネスト」

「あーあ、こんなに感情的になるアストラなんて、見たくなかった。ちょっとしたイタズラなのに、本気で怒るなんて興醒《きょうざ》めだよ」

低く名を呼びかけたアストラに答えたアーネストの口調は、春夜でも「下手な演技」と感じるほど上滑《うわすべ》りしている。

当然、アストラも「ちょっとしたイタズラ」を真に受けてはいないようだ。

「なにがイタズラだ。下手な言い逃《のが》れを……」

「イタズラだよ。ごめん。おれも、共犯。アーネストが、長い付き合いなのにアストラが慌《あわ》てた姿を見たことがないって言うから、一緒《いっしょ》に驚《おどろ》かせようってことになって……騙《だま》してごめんなさい」

抱き込まれている胸元から顔を上げて、早口でそう言った春夜に、アストラは眉間《みけん》に深い縦《たて》

視界の端《はし》に映るアーネストも驚いているらしく、小声で「ハルヤ」と零《こぼ》した。

「ハルヤがどうして庇《かば》おうとするのかわからないが、いくらなんでも」

「本当だって。だよね、アーネスト。リチャードも……」

振《ふ》り向いて、二人に同意を求める。視線で「合わせろ」と伝える春夜に、アーネストはぎこちなくうなずいた。

「あまりの慌てように、アストラがどれだけハルヤを大事にしているか……わかった」

「……アストラ様、ハルヤ様、申し訳ございませんでした」

腕組《うでぐ》みをしたアーネストが顔を背《そむ》け、リチャードが深く腰《こし》を折り……アストラは、大きく息をついた。

春夜を抱き込んでいる腕からも、少しだけ力が抜ける。

「みっともなく騙された……ということにしておく」

釈然《しゃくぜん》としない、と声に表れている。それでも、場を収めようとする春夜のために感情を抑《おさ》えてくれたようだ。

もう一度「ごめん」と口にした春夜と視線を絡《から》ませて、「ハルヤのためだ」と仕方なさそうに微笑《ほほえ》んだ。

アストラと春夜のやり取りを見ていたアーネストが、
皺《じわ》を刻む。

「格好悪いアストラを見て気が済んだから、明日の朝にイギリスへ帰るよ。おやすみ」

そう言い残して、リチャードを促《うなが》して部屋を出て行く。パタンと扉が閉まる音を、再び抱き込まれたアストラの胸元で聞いた。

「本当は、納得していないし許してもいない。ハルヤの目は、本気で怯《おび》えていた。二人を追いかけて、殴《なぐ》ってやりたいくらいだ」

「……でも、アーネストは止めようとしていた。リチャードも、最初から本気じゃなかった。おれは、大丈夫《だいじょうぶ》」

なんともない、と続けてアストラの背中にそっと手を回す。

アストラの鼓動《こどう》は先ほどより落ち着いているけれど、平素よりは速いはずだ。身体も熱くて、どうにか激昂《げきこう》を抑え込んだのだろうと伝わってくる。

いつも飄々《ひょうひょう》として余裕《よゆう》たっぷりのアストラが、声を荒《あら》らげていた。春夜のために、怒《いか》りの感情を剝《む》き出しにしていた。

アストラはハルヤが特別なんだって、と言ったアーネストの言葉が耳の奥に甦《よみがえ》り、心臓がドクンと大きく脈打つ。

黙っていると、自分の動悸をやけに意識してしまいそうで、ふと頭に浮かんだ疑問を口にした。

「アストラ、あの……どうしてここに？」

扉を閉めていたのだから、アストラの部屋まで言い合う声や物音が聞こえたとは思えない。テレパシーで危機を察して駆けつけてくれたわけでもないだろうし、不思議だ。

春夜を抱く腕を緩《ゆる》めたアストラは、

「ああ……ユニコーンたちだ」

そう笑《え》みを浮かべて、空中を指差した。ただし、その指先はユニのいる場所から大きく外れている。

アストラの頭の脇《わき》に浮かぶユニを見詰《みつ》めた春夜は、「なんで？」と首を傾《かし》げた。

『弟を呼び起こして、アストラにハルヤの危機を伝えたのだ。共に角で突《つつ》いたら、鈍《にぶ》いアストラにも少しは伝わったようだな』

そんなふうに、ユニから鈍感《どんかん》呼ばわりされているとは知る由《よし》もないアストラは、春夜の『何《な》故《ぜ》』に答える。

「頭や顔がチクチク痛むな、と思って周りを見回したら、一瞬《いっしゅん》だけ黒いユニコーンと白いユニコーンが見えたんだ。白いユニコーンが『ハルヤが』と言った気がして、ハルヤの身になにかあったのかとここに駆けつけた」

「そ……っか。ユニたちが」

春夜の危機を救うため、力を合わせてアストラに伝えてくれたらしい。

得意げに尻尾《しっぽ》を振るユニと、今はその姿を見ることのできない黒いユニコーンに「ありがとう」と告げた。

「本当になにもされていないのか？　アーネストはイタズラだと言っていたが……度が過ぎている。なにを考えてこんなことを」

春夜の両肩《りょうかた》に手を載《の》せたアストラが、アイスブルーの瞳《ひとみ》でジッと見下ろしてくる。

これは、惚《とぼ》けている……のではなく、本気でアーネストのもどかしさや想《おも》いに気がついていないのだろうか。

「アストラ……ユニに鈍感って言われていたけど、本当にアーネストの真意がわからないならユニに同意する」

「うん？　鈍感かな？」

不可解だと言わんばかりの表情は、春夜に鈍感呼ばわりされても仕方のないものだ。

春夜は少し考えて、言うべきことを決めてアストラを見上げた。

「アーネストと……関係があったって？　ベッドの中でもクールだって言ってたけど、おれが知ってるアストラとは別のアストラ？」

クールなアストラなど知らない、と。自然な笑みを浮かべて、からかう調子で口にすることができたはずだ。

アーネストの口から聞かされた時の、胸を過《よぎ》った痛みは……きっときちんと隠《かく》せている。

「あー……少し深い友人関係だった、かな。クールだったかどうかは、わからないけど……ハルヤと他《ほか》の人間は一緒にできない」

アストラは、珍《めずら》しく気まずそうな口調でアーネストとの関係を認めた。ハルヤと目を合わせて、最後の一言をつけ足す。

髪《かみ》に触《ふ》れる優《やさ》しい手も、冷たそうに見えるアイスブルーの瞳なのにあたたかい眼差《まなざ》しも、春夜だけに向けられるものだと自惚《うぬぼ》れてもいいのだろうか。

心臓が……苦しいくらい鼓動を速くする。

「アストラ、おれは……清らかなんかじゃないよ。アストラとアーネストを見てたら胸がもやもやして、嫌《いや》な気分になった」

早くイギリスに帰ればいいのに、とアーネストの存在を疎《うと》ましくも感じた。

この数日は、自分でも嫌なヤツだったと思う。今でも、ユニコーンと接する資格があるのだろうか。

春夜の言葉に、アストラはわずかに目を見開いてふわりと笑った。

「それは、可愛《かわい》いだけだ。ハルヤは、最初から……清涼《せいりょう》な、心地《ここち》いい空気を纏《まと》っている。傍《そば》にいるだけでホッとするし、ふわふわの髪にも癒《いや》される」

自然な仕草で髪に触れられて、目を細める。春夜こそ、触れてくるアストラの手に心地よさを感じているのだと自覚した。

「ハルヤを、二度と誰《だれ》にも触れさせたくない。この先も……僕以外に触《さわ》らせないで」

指先で髪を弄《いじ》りながら甘えるように懇願《こんがん》されて、耳の奥で響《ひび》く動悸《どうき》がうるさいくらい激しくなる。

どう答えるのが正解なのか、わからない。だから、心に浮《う》かぶ言葉をそのまま返した。

「そんなの……アストラじゃないとダメなのは、おれのほうだ。アストラの手は、最初から嫌だと思わなかった」

「ハルヤ……」

アストラの綺麗《きれい》な顔が近づいて来て、動くことができなくなる。アイスブルーの瞳に、縫《ぬ》い留められているみたいだ。

唇《くちびる》が触れる直前、吐息《といき》と一緒《いっしょ》に「好きだよ」と囁《ささや》かれて震《ふる》える瞼《まぶた》をギュッと閉じた。

やんわりと触れてきた唇は、掠《かす》めるような、挨拶《あいさつ》のキスではない。

「あ……」

濡《ぬ》れた感触《かんしょく》が唇の合間から割り込んできて、縋《すが》りつくようにアストラの肩《かた》に手をかける。

抱《だ》きついてもいいのか……迷っていると、手の甲《こう》にチクリとした痛みを感じた。

「ッ？」

『そこまで！　ハルヤ、これ以上は許さん』

薄《うす》く目を開けると、ユニが一生懸命《いっしょうけんめい》に角で春夜の手を突いていた。痛いというほどではなくても、チクチクピリピリとした違和感《いわかん》は無視できない。

「っ、ユニ……アストラ、ごめん」

ユニを振《ふ》り払《はら》うつもりで、アストラの肩を突き放してしまった。

慌《あわ》てて謝った春夜の言葉で、なにが起きているのか悟《さと》ったのだろう。アストラは、空中に視線を泳がせて「ユニコーンか」とため息をつく。

「キスを妨害《ぼうがい》された?」

「これ以上は許さん……だって」

「厳しいな」

強引《ごういん》に続けることはできなくなったらしく、アストラは苦笑《くしょう》して乱れているらしい春夜の髪を撫《な》でて直した。

アストラと春夜のあいだに割って入ったユニは、角を振り回して抗議《こうぎ》の声を上げる。

『我らが見えなくなってもいいのか。郷探《さとさが》しはどうする』

「……責任を持って、郷は探すよ」

ユニに向けた言葉だったけれど、アストラが小さくうなずいた。

「そうだな。ユニコーンの郷を探して、ハルヤのペンダントに宿るユニコーンに離《はな》れてもらわなければ、触れるのも叶《かな》わないということか」

「ん……たぶん、邪魔《じゃま》され続けるね」

ユニコーンの郷を見つけたところで、ユニがペンダントから離れるかどうかはわからない。

でも、本体がそこで眠《ねむ》っているのなら元の身体《からだ》に戻《もど》ると考えるのが自然だろう。

　ユニの弟の妨害を無視したらしいアストラはともかく、春夜はユニを完全無視して事に及《およ》ぶなどできない。

「ユニコーンの郷を見つけるのが先だな。真剣《しんけん》に探すとするか」

『これまで真剣ではなかったみたいな台詞《せりふ》だな』

　春夜の頭に浮かんだことと、まったく同じ言葉をユニが口にする。

　春夜は声に出さなかったし、ユニの言葉は聞こえていないはずだけれど、アストラはコホンと咳払《せきばら》いをして言い直した。

「もちろん、これまでも真剣だったけどね」

『白々しい。本気で探す気はあるのか？』

　ユニの苦情が聞こえる春夜は、「ちゃんと探すよ」と答えてアストラから一歩足を引き、距《きょ》離《り》を取った。

　今になって、急に恥《は》ずかしくなってきた。

　アストラの、好きだよ……という一言は、確かに聞こえた。

「ハルヤ？　顔が赤いけど」

「なんでもない。ただの、思い出し照れ」

　熱い頬《ほお》を自分の手で軽く叩《たた》き、アストラに背を向ける。態度がよくないとわかっていても、恥ずかしいのだから仕方がない。
経験値不足が原因の春夜の逃《に》げを、アストラは許してくれなかった。

「そういえば、ハルヤの気持ちを聞いていないな。僕はハルヤを好きだと伝えたけど……ハルヤは？」

背後から長い腕《うで》が絡《から》んできて、胸元に抱《だ》き寄せられる。
背中があたたかな体温に包まれ、アストラの胸からはトクトクと規則正しい心臓の音が伝わってきた。

「う……きだ」

「聞こえないなぁ」

「好きだよっ。死ぬほど恥ずかしいから、もう許して……」

両手で顔を覆《おお》うと、密着したアストラの身体が小さく揺《ゆ》れているのがわかる。笑っているな、と恨《うら》みがましく思っても、声にならない。

「困った。可愛すぎて、どうしようかと思うな。一刻も早く、ユニコーンの郷を見つけなければ」

困ったと言いながら、楽しそうな響きだ。
春夜の耳元に唇を押しつけて腕を解くと、背中に手を当ててベッドに誘導《ゆうどう》された。

「もう夜も遅《おそ》いから、おやすみ。これ以上ここにいたら理性を保てなくなるから、僕は退散することにしよう」

「……おやすみ」

目を合わせられなくて、俯《うつむ》いて答えた春夜の髪を軽く撫でて踵《きびす》を返す。アストラが出て行くと、ふらりとベッドに腰《こし》を下ろして両手で頭を抱《かか》えた。

「絶対、寝《ね》られない」

『なにを言う。ハルヤが寝られないことなどなかっただろう』

「ユニ……ちょっと、そっとしておいて」

ユニには申し訳ないが、まだアストラのキスと抱擁《ほうよう》の余韻《よいん》が漂《ただよ》っている。

展開が速すぎて、まだ現実感が乏《とぼ》しいけれど……アストラが好きなのだと、自覚すると同時に本人に告げたようなものだ。

異国の王子様相手に、これほど都合のいいことがあってもいいのだろうか。

「でも、そっか……アストラは王子様で、おれはもう少ししたら日本に帰らないといけないんだ」

ふと、浮かれていた頭が現実に引き戻された。

頭を抱えていた腕を下ろして身体の力を抜《ぬ》くと、ベッドに転がる。

『まずは、我を仲間の許《もと》へ送り届けろ。悪いようにはならん』

「……約束だからね」

ユニの言う『悪いようにはならん』は聞き流して、ユニコーンの郷へ送り届けることを優先させようと深く息をついた。

今は、『王子様』とか『日本へ帰る』という現実を思考の外へ追い出してしまおう。

《八》

これまでユニコーンの郷を探して山へ向かう時は、アストラのバイクに二人乗りをして出向いていた。

今日のように、アヴィスが運転する小型SUVで出かけるのは初めてだ。

「今日は、これまでと違《ちが》う山に行くの？　車だし……」

窓の外を眺《なが》めていた春夜は、隣《となり》の座席に腰かけたアストラに話しかける。

進行方向にある山は、これまで以上に険しい。山頂あたりなど、雲がかかっていて全貌《ぜんぼう》を窺《うかが》えない。

まさか、あの山を登るのか？　と不安が込み上げてきた。

今まではハイキングだったが、こうなると本格的な登山ではないだろうか。

「この車だと、登山道を使って山の半分くらいまで登れるからね。途中《とちゅう》からは歩きだけど、ほとんどの行程は整備された坑道《こうどう》を通るから大丈夫《だいじょうぶ》だよ」

「……それならいいけど」

どうやら、人の手が入った山道らしい。でも、ユニが言うには簡単に見つからない場所に郷があるのでは？

釈然《しゃくぜん》としない思いではあるけれど、地理的事情のわからない春夜にはアストラの思惑《おもわく》に従うしかない。

「アーネストと、なにか話していたけど……意地悪なことを言われなかった？」

これまで、気になりながら聞いていいものか迷っていたのか、アストラにしては珍《めずら》しく遠慮《えんりょ》がちに尋《たず》ねられる。

アストラと視線を絡ませた春夜は、帰国するアーネストとリチャードを空港まで送って行った際、別れ際《ぎわ》に短く交《か》わした会話を思い浮《う》かべた。

「心配しなくても大丈夫。慣れてないってわかる口調で、ごめんって言われた。ハルヤならアストラの独り占《じ》めを許せる。アストラのこと、よろしくって」

それまで常に春夜を睨《にら》みつけ、事あるごとに敵愾心《てきがいしん》を向けてきたアーネストとは別人のようだった。

最初から、アストラがハルヤを見る目は特別だった。勝てないってわかってたけど……自分に対する態度とは全然違うから、悔《くや》しかった。

そう、しょんぼりとした様子でぽつぽつ語るアーネストに、春夜は「もういいよ」と返したのだ。

刺々《とげとげ》しい言動をぶつけられ、気分がよくなかったのは確かだ。でも、リチャードに襲《おそ》わせようとした時といい……アーネストも迷っていた。きっと彼の本質は、恋敵《こいがたき》に嫌《いや》がらせをして気晴らしをする捻《ひね》くれたものではない。

春夜に「お人好《ひとよ》し。また遊びに来るから、アストラに捨てられるなよ」とチクリと釘《くぎ》を刺《さ》しておいてリチャードの腕を摑《つか》み、足早に搭乗口《とうじょうぐち》へと姿を消した。

一度も振《ふ》り向かなかったし、アストラに話しかけることもなかった。

清々《すがすが》しいまでにアストラを無視することで、アストラへの未練を断ち切った……ように見せかけたのだろう。

「アーネストは、アストラのことが好きすぎただけなんだよね」

「イギリスにいた時は、それほど執着《しゅうちゃく》されているようには感じなかったけどなぁ。……ハルヤを傷つけようとしたことは、やはり許せない」

アストラは不思議そうにつぶやき、左腕《ひだりうで》を伸《の》ばして春夜の肩《かた》を抱き寄せる。

アーネストの言っていた、「あんなアストラ知らない」というのは、本当だろうか。春夜には最初から過保護なくらい構ってきたので、クールなアストラは想像もできない。

アストラの手が髪《かみ》に触《ふ》れてきて、自然と顔を上げた。目が合ったアストラが顔を寄せようとしたところで、あいだにユニが割って入ってくる。

『ハルヤ。まだアストラに身を許すなよ』

「ッ……こんなところで、なにをするって？　アヴィスさんもいるだろ！」

反射的にアストラから大きく身体《からだ》を離《はな》した春夜は、キスの妨害《ぼうがい》をしたユニに頬を染めて言い返した。

ユニの姿が見えない、言葉を聞くこともできないアストラは、唐突《とうとつ》に春夜に突《つ》き放されて苦《く》笑《しょう》している。

「ごめん、ユニが……」

「ハルヤは素直《すなお》だから、仕方がないな」

アストラはすんなりと引いてくれたけれど、春夜はユニを横目でチラリと睨んだ。

今までは『王族のアストラから力を得られる』などと言ってスキンシップやキスを黙認《もくにん》していたくせに、春夜が抵抗《ていこう》しなくなった途端《とたん》に邪魔《じゃま》をするあたり意地が悪い。

声に出さなかった苦情が顔に書いてあったのか、そんな心の不満が聞こえたかのように、ユニが角で額を突いてきた。

『アストラの手にかかれば、純潔を失うことなどあっという間だ。ハルヤが受け入れるなら、だが』

「これまで寛容《かんよう》だったのは、おれが逃《に》げようとしていたから……ってことか。さすがに、あっという間じゃないだろ」

『……赤子の手を捻るようなものだな』

そう言い放ったユニは、春夜の反論をあざ笑うかのように身を翻《ひるがえ》した。

顔の前でバサッと振られた尻尾《しっぽ》を、ムッとして払《はら》い除《の》ける。……実際は、触れられなかったのだが。

ふいっと顔を背《そむ》けると、春夜とユニのやり取りが聞こえていないアストラはじゃれ合って遊んでいるとでも思ったのか、「君たちは仲がいいな」と笑っていた。

「もうすぐ着きます」

アヴィスの声に、「え？」と窓の外に目を向ける。いつの間にか山の中腹あたりまで上っていたらしい。

二台の車がなんとかすれ違える道幅《みちはば》の山道を上がっていた小型SUVは、少し広くなった場所で停《と》まる。

「ハルヤ、降りるよ」

アストラに促《うなが》されて車外に出た春夜は、山道の行き止まりになっている部分に重厚なバリケードがあることに気づいた。

トンネルの出入り口を塞《ふさ》ぐような形で、物々しい雰囲気《ふんいき》の鉄の扉《とびら》が設《しつら》えられて、頑丈《がんじょう》そうな鍵《かぎ》がかけられている。

脇《わき》に設置された看板に書かれている文字は読めなくても、『立ち入り禁止』とか『入るな危険』という警告が伝わってきた。

「ここ……？」

まさか、この扉に入るのか……と恐《おそ》る恐る指差しながら、アストラを見上げる。安心させるように微笑して、ポンと春夜の頭に手を置いたアストラは、アヴィスに「開けてくれ」と告げた。

アヴィスが取り出した鍵で、鉄の扉を封《ふう》じてある錠《じょう》を解く。錆《さ》びた取っ手を引くと、ギギギと重そうな音を立てて扉が開いた。

ライトを手にしたアストラが、真っ暗なトンネルを照らした。予想より天井《てんじょう》が高く圧迫感《あっぱくかん》はあまりなさそうだが、ライトの光が届かない奥は暗闇《くらやみ》に包まれていて、どこまで続いているのかわからない。

「ずいぶん昔に閉山になった、鉱山だ。今では、立ち入り禁止になっている。この奥に、特殊《とくしゅ》な場所があるんだ。山にぶつかる気流の関係でヘリコプターは飛べないし、常に霧《きり》が覆《おお》っていて、ドローンを使って上空から撮影《さつえい》しようとしてもなにも映らない」

春夜に説明しながら、アヴィスから受け取った大きなバックパックを背負う。

やはり、この奥に入るのか。

暗所恐怖症《きょうふしょう》の気はないはずだけれど、あまり気味がいいものではないなと、流れ出てくる冷たい空気に小さく肩を震《ふる》わせた。

「その特殊なところがユニコーンの郷《さと》がありそうな場所、ってこと？　それ……最初からここを探したらよかったんじゃ」

ポツリと零《こぼ》した春夜に、アストラは「ふふっ」と笑って返してきた。

「ハルヤとのハイキングを楽しみたかったからね……っていうのは冗談《じょうだん》で、国が管理している場所だから、立ち入りと散策許可を得るのに少しばかり時間がかかったんだ。王族であっても、三男は権限が低い」

「……それでも、許可をもらえたんだね」

「ああ……兄に、大きな借りができた」

アストラは苦笑して、「行こう」と春夜の背に手を当てる。

冗談めかして軽い口調で話していたけれど、根回しは大変だったのではないだろうか。

「私は入れませんので、どうかお気をつけて」

中に入る許可が下りたのは、アストラと春夜の二人だけらしい。トンネルの入り口のところで立ち止まったアヴィスが、深く頭を下げた。

一瞬《いっしゅん》不安が過《よぎ》ったけれど、逆に考えれば、護衛も兼《か》ねているというアヴィスの同行が必須《ひっす》ではない……さほど危険のない場所なのだろうと思考を切り替《か》えた。

「ユニ……この先に仲間がいる感じ？」

『わからん』

肝心《かんじん》のユニは、曖昧《あいまい》な答えしかくれない。これはやはり、それらしき場所まで行ってみるしかないかと足を踏《ふ》み出した。

数歩進んだところで、少し先を歩いていたアストラが立ち止まる。

「足元が危ないから、手を」

「……うん」

アストラと手を繋《つな》いで歩くのは、気恥《きは》ずかしい。

でも、この特殊な状況《じようきよう》では恥ずかしいから嫌だと拒《こば》む気になれず、差し出された大きな手に自分の手を重ねた。

ギュッと握《にぎ》られた手から、アストラのぬくもりを感じて……緊張《きんちよう》が和《やわ》らぐ。

真っ直《す》ぐな一本道だと思っていたが緩《ゆる》やかにカーブしているのか、五分ほど歩くと入り口の光が見えなくなった。

繋いだ手から感じるアストラのぬくもりと、ライトの光だけが確かなものだ。

「さっきの、ハルヤとハイキングを楽しんでいた……っていうのは、半分本当だ。もう少し早くここに来ることもできたけど、ハルヤはユニコーンの郷が見つかって目的を果たしたら、すぐに日本へ帰るのではないかと思えば……怖《こわ》くて、一緒《いつしよ》にいられる時間を少しでも引き延ばしたかった」

アストラは歩みを止めることなく、懺悔《ざんげ》をするかのようにポツポツと口にする。どうして今そんなことを？　と疑問が過ったけれど、暗くて顔が見られないから、言い出したのかもしれない。

それはあまりにも意外な言葉で、春夜はどう返せばいいのか迷い……結局、なにも言えなかった。

「ハルヤと一緒にいる時間を重ねれば重ねるほど、可愛《かわい》くて堪《たま》らなくなった。過去におばあ様も見た風景かと、少し寂《さび》しそうな顔をすると愛《いと》しくて抱《だ》き締《し》めたくなるし、ガーデンの薔薇《ばら》に目を輝《かがや》かせるハルヤは子どものように無邪気《むじゃき》で可愛い」

春夜の返事は求めていないのか、独り言のように言葉を続ける。無言で歩く春夜は、どんどん顔が熱くなるのを感じた。

アストラと繋いだ手も、間違《まちが》いなく体温を上げていて……手のひらに汗《あせ》が滲《にじ》み出ていないか、気になる。

「ずっと、誰《だれ》にも心を動かされなかった。恋《こい》とは？　愛とはなんだ？　他人に執着《しゅうちゃく》する意味などわからない……それを、清らかさを失ったせいで罰《ばち》が当たったのかと、ユニコーンのせいにしていた時もあった。しかし、愛しいと思える相手には……自然と心が動く。制御《せいぎょ》しようにも、想《おも》いが募《つの》るのを止められない」

春夜の手を握るアストラの指に、ギュッと力が増した。

今、このタイミングで話し始めたアストラの気持ちがわかる。

暗くてよかった。そうでなければ、茹《ゆ》だったように真っ赤になっているみっともない顔を、アストラに見られていた。

黙々《もくもく》と歩き続けていた春夜は、アストラの足が止まったことに気づいて立ち止まった。なにかと思えば、これまで一本道だった坑道《こうどう》に初めて分岐点《ぶんき》が現れたのだ。

「発掘《はっくつ》した鉱石を運び出すための、トロッコが敷《し》かれていたんだが……撤去《てっきょ》した痕跡《こんせき》を辿《たど》ったほうがいいかな」

ライトで右の坑道を照らし、今度は少し狭《せま》くなっている左側を照らす。

アストラの疑問は、すぐに解けた。

『左だ』

パッとライトの光に浮《う》かび上がったユニが、左側の道へ先導するように進んだ。こちらを振《ふ》り向くことなく、空中を走るようにして先へ進む。

「アストラ、左だって……ユニが」

「ああ……今、一瞬だけ姿が見えた」

ライトの光に浮かび上がったユニは、アストラの目にも映ったらしい。行く道が定まったことで、自然と足の運びが速くなる。

心臓が……ドクドクと鼓動《こどう》を速めているのは、早足で歩いていることだけが理由ではない。ユニの姿を追って辿り着く先に待ち受けているものは、目指す『ユニコーンの郷』に違《ちが》いないと期待が高まる。

先に進むにつれ、坑道が狭くなる。これまではきちんと整備されていた通路だったのに、まるで掘削《くっさく》工事の途中《とちゅう》のようなデコボコとした壁《かべ》や天井だ。

「出口だな」

アストラがライトを消しても、視界は真っ暗ではない。薄明《うすあ》かりが差し込むほうへ進み、最後は背中を屈《かが》めてトンネル状の坑道を抜《ぬ》けた。

「……うわぁ」

突如《とつじょ》視界が開けた先の光景に、春夜は一言発したきり言葉を失う。

アストラも、頭上を見上げたり周囲へ視線を巡《めぐ》らせたりして、声もなくこの『場』を観察していた。

見渡《みわた》す限り視界を遮《さえぎ》る霧が立ち込めているので、正確な広さはわからない。足元には緑の草が生え、所々に白い小さな花が咲《さ》いている。霧に包まれた先には、池……いや、泉……もっと広い湖が広がっていた。

深く吸い込んだ空気は、これまで感じたことがないほど清涼《せいりょう》で、全身が浄化《じょうか》されるような錯《さっ》覚《かく》に包まれる。

「ユニ？　おーい、どこにいるんだ？　ここが、郷なのか？」

ユニに呼びかけたけれど、返事はない。

春夜の手を繋いだまま、アストラが湖の傍《そば》に歩み寄った。繋いでいた手を解き、耳につけてあったピアスを外して草地に膝《ひざ》をつく。

隣《となり》にしゃがみ込んだ春夜は、アストラが黒いピアスを水に浸《ひた》す様子をジッと見詰《みつ》めた。

「……なにも起きないね」

静かにピアスを引き上げても、劇的ななにかがあるわけではない。

拍子抜《ひょうしぬ》けした春夜が顔を上げると、霧《きり》に包まれた湖の向こうから白い影《かげ》が近づいて来ることに気がついた。

息を呑《の》んだ春夜は、アストラの袖《そで》を引いて異変を伝える。

「ハルヤ？」

怪訝《けげん》そうに春夜の名を呼んだアストラは、すぐそこに迫《せま》る……春夜の目には映っているものに、気がつかないのだろうか。

ふらふらと立ち上がった春夜を、アストラが支えるようにして両腕《りょううで》の中に抱《だ》き込んだ。

「あれ……は」

そこでようやく、目前に迫った白い影に気がついたようだ。春夜を抱く腕《うで》に、グッと力が込められた。

『ハルヤ』

「……ユニ？」

見上げる大きさの純白の馬が、名前を呼びかけてくる。顔を寄せてきたその額には、白く輝く角が生えていた。

パシャ……と小さな水音が耳に入り、白いユニコーンの背後から黒毛の馬が姿を現す。そちらにも、普通《ふつう》の馬には存在し得ない黒い角が生えていた。

『ようやく仲間の許《もと》へ帰ることができた。弟も見ての通りだ。礼を言う』

「これが、ユニの本来の姿？　すごい……綺麗《きれい》だね」

無意識に手を伸《の》ばして、鼻先に触《ふ》れる。すべすべとした高級なビロードのような、不思議な感触《かんしょく》だった。

「僕にも、見える……」

『特別だ。ハルヤに礼を言うことだな』

呆然《ぼうぜん》とつぶやいたアストラに答えたユニは、春夜の手に角を擦《こす》りつけるようにして身を寄せてくる。

甘えるような仕草に、つい笑ってしまい……首にかけたペンダントを握った。

「ユニ、もしかしてペンダントから離《はな》れるってこと？　これでさよなら？」

本体に戻《もど》ったのであれば、これまでペンダントに宿っていた生霊《いきりょう》状態の小さなユニは、いなくなるということでは。

そう気づいた春夜は慌《あわ》てて尋《たず》ねたけれど、取り繕《つくろ》う余裕《よゆう》はなくて、泣きそうな声になってしまったかもしれない。

白いユニコーンの、艶《つや》やかな黒い瞳《ひとみ》が春夜を見詰める。瞳を縁取《ふちど》る白い睫毛《まつげ》が震《ふる》えて、春夜の問いを肯定《こうてい》した。

『ハルヤには、もう我の護《まも》りは必要ないだろう』

「必要ない、なんて……そんなの」

ユニが疎《うと》ましいと、そう思ったこともあった。

でも、いつも傍にいて……就職の予定がふいになった時に落ち込む間がなかったのはユニが励《はげ》ましてくれたおかげだし、この国に来るきっかけとなったのも、ユニだった。

当たり前のように傍にある存在だったから、急にいなくなると言われてしまったら焦燥感《しょうそうかん》が湧《わ》き上がる。

『アストラがいるだろう。ハルヤたちが立ち入ったから、郷《さと》の場所を移す。我らに逢《あ》うことは、もうできんかもしれないが……護りは残すので、安心しろ』

ユニの隣に、黒いユニコーンが並んだ。アストラが持つピアスを角で軽く突《つ》き、頭を上下させる。

『アストラは不出来な主《あるじ》だったな。だが、運命の愛に自ら気づいたのは褒《ほ》めてやろう』

「……ぞんざいな扱《あつか》いをして、悪かった」

ボソッと謝罪をしたアストラの一言に首を振り上げると、漆黒《しっこく》のタテガミが大きく揺《ゆ》れる。

角もタテガミも、ユニの純白のものとは対極にありながら、すごく綺麗だった。

『我らが王国フロス・プルヴィアとその血族に、祝福と加護を』

ない。

純白と漆黒の角が、虹色《にじいろ》に輝《かがや》く。その光はどんどん輝きを増し、眩《まぶ》しくて目を開けていられない。

手の中に握《にぎ》ったペンダントが、じわりと熱を帯び……瞼《まぶた》を閉じていても眩しい光が、突然《とつぜん》ふっと消えた。

「あ……ユニ……？」

目を開くと、そこに二頭のユニコーンの姿はなかった。視界を覆《おお》っていた霧も晴れ、鏡のような穏《おだ》やかな湖面が広がっている。

周囲を見回しても、ユニコーンの姿どころか動くものの気配さえなかった。

「いなくなっちゃった」

ポツリと口にした途端《とたん》、胸の奥がギュッと締《し》めつけられたように痛くなる。

凝視《ぎょうし》する湖が風もないのに揺らぎ、俯《うつむ》いて足元の草に視線を落とした。

「ハルヤ。……戻ろう」

アストラの腕の中に抱かれているのに、淋《さび》しいなんて申し訳ない。でも……胸の奥から、なにかが抜け落ちてしまったみたいで……。

「僕が傍にいる。泣かないで、ハルヤ」

「……いて、ない」

泣いてなんか、いない。でも……声が変に上擦る。

アストラの腕に抱かれて湖の畔《ほとり》に立ち尽《つ》くした春夜は、長い時間そこから動くことができなかった。

《九》

手のひらに載《の》せた真珠《しんじゅ》色のペンダントを、ジッと凝視する。

曾祖母《そうそぼ》から譲《ゆず》り受けて以来、御守《おまも》りとしてほぼ肌身《はだみ》離《はな》さず傍にあったものだ。これまでと、なにも変わらないように見える。

ただし……。

「ユニ」

短く呼びかけても、小さな白いユニコーンは姿を現すことがない。春夜がほんの少し手を動かしたことで、ペンダントが揺れるだけだ。

きっと、半世紀以上の時を経て仲間の許へ帰ることができて、喜んでいる。ユニのためには、よかった。

頭ではわかっているのに、どうしても淋しいと思ってしまう。

何度目かのため息をついたところで、コンと部屋の扉《とびら》がノックされた。

「ハルヤ。お邪魔《じゃま》していい？」

廊下《ろうか》から聞こえてきたアストラの声に、トクンと心臓が大きく脈打って反応した。

腰《こし》かけていたベッドから立ち上がりながら、「どうぞ」と返す。

さほど間を置かず扉を開けて入ってきたアストラは、春夜と同じく入浴を終えて寝間着《ねまき》を身に着けていた。

「疲《つか》れているだろうから、もう眠《ねむ》っているかもしれないと思っていた。ノックに返事がなければ、部屋に戻るつもりだったけど……」

「眠れない、から」

登山と呼べるほどではないが、緩《ゆる》やかとはいえ勾配《こうばい》のある真っ暗な坑道《こうどう》を往復したのだ。それなりの運動量だったし、心身共に疲れていないわけではない。

でも、眠れないのには理由がある。きっと、アストラもわかっているから春夜の部屋を訪ねてきた。

「ユニコーンがいなくなって、淋しい？」

ベッドの脇《わき》で立っている春夜のすぐ傍《そば》まで来たアストラが、静かに尋ねてくる。

少し手を伸ばせば触れられる距離《きょり》なのに、いつものスキンシップを仕掛《しか》けてこないのはわざとだろうか。

「それもある」

アストラと目を合わせることはできなくて、紫紺《しこん》色の寝間着の肩口《かたぐち》に視線を彷徨《さまよ》わせながら短く答えた。

そっと春夜の頬《ほお》に指先で触れ、質問を重ねたアストラの声には、隠《かく》し切れない楽しそうな空気が漂《ただよ》っていた。

「それ以外は？」

「……アストラ、わかってて聞いてるでしょ」

わずかに眉《まゆ》を顰《ひそ》めてアストラを睨《にら》み上げると、否定する気はないとばかりの笑《え》みを浮《う》かべて、春夜の髪《かみ》を撫《な》で回した。

「ごめんね。僕を意識しているハルヤが、あまりにも可愛《かわい》いから」

意識など、していない……と言い返せない。アストラに触《ふ》れられた瞬間《しゅんかん》、ビクッと肩《かた》を震わせてしまったのだ。

アストラの耳元で揺れる漆黒のピアスを目に映しながら、ぽつぽつと言い返した。

「なんか、ユニの妨害《ぼうがい》がなくなったからって、すぐにこんな……こういうのは、どうなのかなって思ったり……」

どう言えばいいのか迷い、語尾《ごび》を濁《にご》して口を噤《つぐ》む。

アストラは無言だ。静かな空気に緊張《きんちょう》が込み上げてきて、ふと気がついた。

「あの、アストラが嫌《いや》だってわけじゃなく……て」

躊躇《ためら》っている理由は自身の心情の問題であって、アストラを拒《こば》みたいわけではないのだと、慌てて言い繕う。

目が合ったアストラは、……微笑《びしょう》を滲《にじ》ませていた。

「ごめん。ハルヤの表情がくるくる変わるのが、可愛いなぁ……って見ていた」

アストラの口から出た二度目の「ごめん」に、ますます複雑な気分になる。春夜の感情はあちこちに振《ふ》れているのに、どちらも『可愛い』が理由なのか。

顔を背《そむ》けようとしたら、アストラの両手に頰を包まれて逃《に》げを制された。

「僕は、十分に待った。ユニコーンの言いつけを守ろうとするハルヤの意思を無視したくなかったから、強引《ごういん》にできなくもなかったけど……ハルヤが想像しているより、ずっと抑《おさ》えていた。ユニコーンたちを郷《さと》の仲間の許《もと》へと送り届けて約束を果たした今は、遠慮《えんりょ》する気はない」

アイスブルーの瞳《ひとみ》が、真《ま》っ直《す》ぐに春夜の目を見据《みす》えている。氷の張った清冽《せいれつ》な湖のような冷たい印象も受けるのに、視線を逸《そ》らせなくなるほど綺麗《きれい》だ。

その指が耳をかすめて、意図することなく肩に力が入った。

「でも、ハルヤが拒むなら無理は強《し》いない。このままお休みを言って、部屋に戻《もど》るよ」

笑みを消すことなくそう口にしたアストラは、くしゃくしゃと春夜の髪を撫でてスッと手を引く。

どう答えるのが、正解なのだろう。嫌？　ではない。いろんなものがごちゃ混ぜになって、混乱しているだけだ。

口を閉ざしたままの春夜が立ち尽くしていると、アストラはふっと息をついた。微笑を苦笑に変え、ポンポンと春夜の頭に軽く手を置く。

「困らせてごめんね。……お休み」

三度目の「ごめん」は、どこか淋しそうな響《ひび》きで……胸の奥に鈍《にぶ》い痛みが走る。謝らせたかったわけではないのに、どうして声が出ないのだろう。

焦《あせ》れば焦るほど、動けない。頭の中が真っ白になる。

あ……ゆっくり背中を向けたアストラが、出て行ってしまう。

両手を握《にぎ》り締《し》めてアストラの背を見据えていると、手の中にあるペンダントがじわりと熱を帯びたように感じた。

頭の中に、『ハルヤ！』とユニの声が響いた……と思ったのは、きっと錯覚《さっかく》だ。でも、硬直《こうちょく》していた春夜に一歩を踏《ふ》み出させる効果はあった。

「アス……アストラ！」

アストラの背を追いかけて、扉を開けようとしていた寝間着の袖《そで》を背後から摑《つか》む。振り向いたアストラは、春夜に向き直ってそっと尋《たず》ねてきた。

「呼び止めたりして、いいのかな。ハルヤがやっぱり駄目《だめ》だと言っても、二度は引いてあげられない」

「……いい。引かなくて、いい。ごめんなさい。嫌でも、拒みたいわけでもないんだ」

なにを、どう言えばいい？　どんな言葉で伝えたら、本当は自分もアストラと一緒《いっしょ》にいたいのだとわかってもらえる？

ユニなら……どんな言葉で、春夜の背を押すだろう。

ハルヤの長所は、素直《すなお》なところだなと。感心したように……時には呆《あき》れたように、ユニに言われていた。

「アストラが、好きだよ。だから……ここにいて」

難しく考えなくていい。心にあるものを、そのまま伝えればいいのだとようやく決意して、アストラに告げる。

アストラは、なにも言わない。

春夜に摑まれた袖口《そでぐち》もそのままで、動かない。

もう遅《おそ》いと、反応の鈍《にぶ》さに嫌気《いやけ》が差して出て行ってしまう？

沈黙《ちんもく》に不安が込み上げてきて唇《くちびる》を嚙《か》んだところで、アストラの右手が伸《の》びてくる。片手で後頭部を包み込むようにして、抱《だ》き寄せられた。

「よかった。強がって格好つけたけど、部屋で独りになったら泣きそうだった」

「まさか……アストラが、そんなの」

抱き寄せられた腕《うで》の中で、アストラの「泣きそうだった」に眉を顰める。春夜のことでアストラがそんなふうに動揺《どうよう》するなど、考えられない。

大袈裟《おおげさ》な冗談《じょうだん》だろうと言い返すと、アストラは「冗談じゃないよ」と発言を咎《とが》めるように軽く背中を叩《たた》いてきた。

「ハルヤは特別だって、言っただろう。僕の心を動かすのは、ハルヤだけだ」

密着した胸元《むなもと》から、心臓の音が聞こえてくる。鼓動《こどう》を刻むリズムは速くて、寝間着の薄《うす》い布越《ご》しに伝わってくる身体《からだ》は熱かった。

「やっぱり嫌だって言っても、もう離《はな》してあげられないけど」

「いい。……嫌とか、言わない」

短く返すと、顔を上げるよう促《うなが》される。目が合ったアストラは、これまでで一番綺麗な笑みを浮かべて春夜を見ていた。

初めて逢《あ》った時、言葉もなく見惚《みほ》れた端整《たんせい》な顔が近づいてくる。

ゆっくり瞼《まぶた》を閉じて、不意打ちやかすめ取るものではない……春夜も望むキスを、受け止めた。

「ちょっとだけ、遠慮してもらおう」

そう言ったアストラは、春夜が握り締めていたペンダントと自分の耳から外したピアスを、ベッドサイドにある小さなテーブルに置く。

もう妨害されることはないとわかっていても、身に着けたままでは落ち着かない……という気持ちの問題だろう。そのあたりは春夜も同じだ。

カーテンを引き忘れている窓からは月光が差し込み、テーブルに置いたペンダントとピアスをぼんやりと照らす。

「光ってるみたいだ」

「ああ……加護を残すと言ってくれたから、それでかな」

春夜のペンダントも、アストラのピアスも……虹色《にじいろ》の光をかすかに放っているようで、幻想《げんそう》的な美しさだった。

湖で目にした白と黒のユニコーンの角が、同じ色に輝《かがや》いていたなと思い浮《う》かべる。

「ユニはいなくても、護《まも》ってくれるんだ」

「ハルヤのことが、大好きだったようだからね」

そんなふうに言われると、また少し淋《さび》しくなる。隠《かく》せない心情が顔に出ていたのか、アストラが目尻《めじり》に唇を押しつけて小さく笑った。

「今は僕を見て、僕のことだけを考えて」

「ん……」

まるでユニにヤキモチを妬《や》いているみたいで、なんだか可愛い……と思えば、胸の奥がくすぐったい。

触れ合わされた唇を受け止めて、ギュッとアストラの背中に抱《だ》きつく。

口腔《こうこう》に忍《しの》び込んできた舌の感触《かんしょく》にピクッと身体を震《ふる》わせたけれど、アストラの背を抱く手はそのままで、拒まないことを示した。

「ッ……ふ」

強張《こわば》る春夜の舌先に触れ、驚《おどろ》かさないようにそっと誘《さそ》いかけてくる。ぎこちなく応《こた》えると、口腔の粘膜《ねんまく》をチラリと舐《な》められてビクッと震えてしまった。

春夜の身体を抱くアストラの腕が強くなり、搦《から》める舌が熱を帯びていく。頭の芯《しん》がぼんやりとして、空中を漂《ただよ》っているような感覚に包まれた。

思考が遠ざかり、頭がクラクラする。アストラに抱かれていなければ、自分の身体を支えることもできない。

「あ……」

ずいぶんと長く感じた口づけが解かれた時には、いつの間にかベッドに背中をつけていた。

春夜の頭の脇《わき》に両手を着き、天蓋《てんがい》を背にしたアストラをぼんやり見上げる。

「目が潤《うる》んでいる。キスも……僕しか知らない？」

「そ、う……だよ」

知っているくせに、と。改めて確認《かくにん》するアストラから、熱くなった顔を背《そむ》けた。

アストラは、横を向いた春夜が拗《す》ねたと思ったのかもしれない。

頬《ほお》や耳元に口づけて、

「からかったわけじゃない」

と、ほんの少し焦りを滲《にじ》ませて言い訳を続けた。

「どんなハルヤも、可愛《かわい》いだけだ。キスも……触《ふ》れる手も、この先もずっと僕だけ知っていればいい」

「か、勝……手な」

勝手なことを言うな、という抗議《こうぎ》はキスに封《ふう》じられてしまった。

アストラは他《ほか》の誰《だれ》かに触れたくせに、と……過去を責めても仕方がないことだとわかっているのに、もやもやする。

「勝手でごめん。でも、ハルヤは誰にも触《さわ》らせたくない。こんな……綺麗《きれい》なハルヤがこれまで無事だったなんて、奇跡《きせき》みたいだ。ユニコーンに感謝しなければならないな」

しゃべりながら手際《てぎわ》よく寝間着《ねまき》を捲《めく》り上げられて、抗《あらが》う間もなく着ていたものをすべてベッドの下に落とされる。

春夜の裸体《らたい》を目にして、感嘆《かんたん》したような口調で綺麗だと口にするアストラに、ますます顔面が熱くなるのを感じた。

「ッ……綺麗なのは、アストラだ」

膝立《ひざだ》ちになったアストラが寝間着を脱《ぬ》ぎ落とすのを、見ていられない。微《かす》かな月明かりでも、プラチナブロンドはキラキラと光を纏《まと》っているみたいで……こんな場面なのに、神々《こうごう》しいくらい眩《まぶ》しい。

目を背ける直前に視界を過《よぎ》った肢体《したい》は、自分と同じ性を持っているとは思えないほど均整の取れた筋肉に包まれていて、高名な彫刻家《ちょうこくか》が丹誠込《たんせいこ》めて彫《ほ》り上げた極上《ごくじょう》の芸術作品のようだった。

「全部、ハルヤのものだ。もう、ハルヤ以外に目を向けない。触れる気もない」

「……ッ」

手を取られて、アストラの胸の真ん中に押し当てられる。

滑《なめ》らかな肌《はだ》の感触と体温、心臓の脈動が直《じか》に伝わってきて……彫刻作品ではなく生身の人間なのだと体感した。

「もっと触る？　ハルヤがほしいって、証拠《しょうこ》。わかってもらえるかな」

そう言いながら、胸元にあった手が春夜の返事を待つことなく下腹部に移動する。指先に感じた硬《かた》くて熱い『証拠』に、ビクッと手を震わせた。

「あ……、ぅ……わかる、よ」

春夜も同じ性を持つからこそ、わかる。言葉で説明されるよりも、ずっとストレートに伝わってくる。

本当にアストラに欲しがられているのだと実感して、動悸《どうき》と喉《のど》の渇《かわ》きが加速した。

指先で触れていた屹立《きつりつ》に手のひら全体を押し当てると、アストラに手首を掴《つか》まれて制止された。

「ん……ごめん、やっぱり僕に触らせて」

「え、ずる……」

ズルい。春夜も、アストラにもっと触れたかった。

そんな苦情は許してくれなくて、キスで春夜をベッドに縫《ぬ》い留めながら熱い手を肌に這《は》わせてくる。

ゆっくり触れられる心地よさに、頭の心が痺《しび》れるみたいだ。

気持ちいいな、と思うまでもなく自然と身体《からだ》から力が抜《ぬ》ける。

「そうやって、僕に身体を預けておいて」

アストラの声に、従いたくなる催眠《さいみん》術をかけられているみたいだ。春夜の思考を鈍《にぶ》らせて、なにも考えられなくなる。

「ぁ、あ……ゃ、ッ」

膝を左右に割り開かれると、反射的に身体を逃《に》がしそうになってしまい、アストラが手を止める。

春夜の顔を覗《のぞ》き込むようにして、短く尋《たず》ねてきた。

「嫌《いや》？」

「じゃ、な……い。ビックリした、だけ」

アストラに触れられて、嫌なことなどない。

そうわかっているはずなのに、春夜の口から言わせようとするのは……意地悪ではなく、アストラも不安なのかもしれない。

「アストラの手……キスも、気持ちいい。もっと、触って」

無意識に閉じかけていた膝から力を抜き、言葉に嘘《うそ》はないのだと伝える。

アストラは、ホッとしたように微笑《びしょう》を滲ませて内腿《うちもも》に手を滑《すべ》らせてきた。

「ン……、ッあ！」

その指先が、熱が集まりかけていた屹立に触れた瞬間《しゅんかん》、ビリッと全身に電流が走ったみたいな衝撃《しょうげき》に目を見開く。

背筋を悪寒《おかん》に似たものが駆《か》け上がり、嫌悪《けんお》など微塵《みじん》もないのに鳥肌《とりはだ》が立つ。

「嫌……じゃなさそうだね」

「ぅ、ん」

触れている指先に、春夜の感じているものが拒絶《きょぜつ》ではないと伝わっているに違《ちが》いない。じわじわと指に力を込めて手の中に包まれ、喉を通る吐息《といき》が熱を増す。

「アストラ、それ……あんまり触ったら、ゃ……」

「どうして？　気持ちよさそうだけど」

「おれ、だけ……変になるっ」

自分だけが乱れる姿を、アストラの目に晒《さら》すのが嫌だ。

そう言いたいのに上手《うま》く言葉にできなくて、アストラにわかってもらえないのではないかと不安になる。

けれど、春夜の言いたいことは正確に汲《く》み取ってくれたらしい。

「ハルヤだけじゃない。僕も、ハルヤに触っているだけで昂《たかぶ》るけど」

「でも、違う。アストラも……もっと、おれで変になって」

理性を残した言葉が、もどかしい。気を遣《つか》わなくていいから、なにもかも春夜にぶつけてほしい。

懇願《こんがん》すると、アストラは無言で春夜の屹立に触れていた手を引いた。言い方がおかしかったかと泣きそうな気分になり、アストラを見上げる。

するとは目が合った春夜に、

「泣かされても知らないよ」

と、苦いものを含《ふく》んだ声でポツリとつぶやいた。

泣かないと何度も言っているのに、アストラには庇護《ひご》しなければならない小さな子どもに見えているのだろうか。

ただ……。

「泣いても、止《や》めなくていい」

絶対に泣かないと言い切れないのは、自分がどうなるのか想像もつかないせいだ。だから、万が一泣いているように見えても止めないでほしいと訴《うった》える。

アストラは、仕方なさそうな微苦笑《びくしょう》を浮《う》かべて「わかった」とうなずいた。

「もしハルヤを泣かせてしまったら、後でたくさん謝る」

「……ん」

それでいいから、とアストラに両手を伸《の》ばす。

甘える春夜に応《こた》えて唇《くちびる》を重ねたアストラは、脱ぎ捨ててあった寝間着を探《さぐ》って小瓶《こびん》らしきものを手に取った。

「それ……」

「保湿《ほしつ》用の、フラワーオイル。無添加《むてんか》無香料《むこうりょう》だから、身体に悪くはないはずだ。……そのまま、力を抜いてて」

指に滴《したた》るほど掬《すく》ったそれを、なんのために使うのか……わからないとは言えない。手を握《にぎ》り締《し》めた春夜は、可能な限り下肢《かし》からは力を抜いてギュッと目を閉じた。

「ぁ……、ッ……ッ」

冷たい、と感じたのは一瞬《いっしゅん》で、驚《おどろ》くほど抵抗《ていこう》なくアストラの指が後孔《こうこう》に潜《もぐ》り込んでくる。

じわじわと、丁寧《ていねい》に粘膜《ねんまく》を開くアストラの指を感じる。初めて身に受ける違和感《いわかん》は、すぐに奇妙《きみよう》な疼《うず》きへと取って代わられた。

濡《ぬ》れた音を立ててアストラの指が出入りするたびに、ビクビクと脚《あし》を震《ふる》わせる。

違う。これじゃ……足りない。もっともっとアストラと密着して、欲望のすべてを受け止めたい。

身体の奥底から込み上げてくる欲求《よっきゅう》を、傷つけないよう気遣《きづか》ってくれているアストラにぶつける。

「っ、も……指、いらない。アストラ……が、いい」

アストラの腕《うで》に手をかけて、欲深いのは自分のほうだと曝《さら》け出す。動きを止めたアストラが、そっと指を引き抜いた。

春夜を見下ろしてくるアイスブルーの瞳《ひとみ》は、熱を帯びて潤《うる》んでいる。凍《こお》りつく湖も溶《と》かしそうなほど熱っぽく、食い入るように見据《みす》えられることが嬉《うれ》しい。

「……ハルヤ」

低く名前を読んだアストラが、ゆっくりと身体を重ねてきた。

指で慣らされていても、熱塊《ねっかい》の質量は圧倒《あっとう》的で……喉の奥で息が詰《つ》まる。

「ッ……ン、……ぅ」

「息を吐《は》いて。ハル……ハルヤ」

「っあ！」

熱い。苦しい。息ができない。

でも……これまで知らなかった、満たされているという安心感が全身を包む。

「僕にしがみついて、引っ掻《か》いてもいいから。ほら……独りで我慢《がまん》しているみたいな顔を、しないで」

無意識に握り締めていた手を取られて、背中にしがみつくように誘導《ゆうどう》される。

手のひらに感じる広い背中は、熱くて……身体の奥に感じる熱と共鳴するみたいな動悸は激しくて、春夜の理性を焼き尽《つ》くそうとしているみたいだ。

「アストラ、熱……い」

「ん。ハルヤも、熱いよ」

耳元をかすめるアストラの吐息は、言葉通り熱を含んで湿《しめ》り……春夜と同じなのだと、実感する。

自分を抱《だ》くことでアストラが体温を上げているのだと、そう思った途端《とたん》、不思議な快さが苦しさを呑《の》み込んだ。

押し寄せてくる奔流《ほんりゅう》に巻き込まれて、頭の中が真っ白になる。

「アストラ……、ッ……ど、しよ。気持ちい……」

「うん……ハルヤ、もっと溺《おぼ》れて。僕も、同じだから」

同じだ。密着した身体が熱い。

アストラも同じなら、いい……か。

そう安堵《あんど》したのを最後に、理性も意識も快楽の渦《うず》に巻き込まれて、春夜の手から離《はな》れて行った。

□□□

アストラの腕に抱き込まれたまま、朝を迎《むか》えて白んでいく窓の外を、ぼんやりと眺《なが》めた。

……どうしよう。離れたくない。

帰国予定の日は間近に迫《せま》っているのに、このままアストラの傍《そば》にいたいと心が揺《ゆ》れる。

曾祖母《そうそぼ》や、アストラの乳母《うば》という人の気持ちが今の春夜にはわかる。

もし、二度と祖国に帰ることができなくても……家族に逢《あ》えなくなっても、たった一人の大切な人から離れたくなかったのだ。

けれど、今の春夜は彼女たちと立場が違う。ずっとはここにいられない。戻《もど》らなければならない。

「ハルヤ……起きてる？」

身体《からだ》に巻きついている腕に少し力が増して、そっと名前を呼ばれる。

「うん」

アストラこそ、静かだから眠《ねむ》っているのかと思っていたけれど、眠れないのはお互《たが》い様だったらしい。

窓を凝視《ぎょうし》していた春夜は、身体の向きを変えてアストラの顔を見上げた。

「寝《ね》るのが、なんだかもったいなくて」

一緒《いっしょ》にいられる時間には限りがあるのだと、言外に告げる。春夜の思いはアストラにも伝わったらしく、目を細めて額に口づけてきた。

「考えたんだけど……ハルヤ、ここに来ないか？」

ここに来る？

意味を捉《とら》えられなくて首を捻《ひね》る春夜に、アストラが補足する。

「すまない、説明を飛ばした。ハルヤがよければ、フロス・プルヴィアに来てほしい。ガーデンを気に入っていただろう。庭師に弟子《でし》入りをするという理由でもいいし、日本のガーデンをハルヤが造ってくれるのでもいい」

それは思いがけない提案で、きちんと意味を理解するのに少し時間を要した。

目をパチクリさせた春夜が即答《そくとう》しなかったせいか、アストラはいつもより早口で言葉を続ける。

「勝手なことを言っているとは、重々承知している。僕は、今すぐ国を離れることができないから……だからといって、ハルヤを呼び寄せようだなんて虫がいい話だ。でも、……離したくない」

言葉を切ると同時にグッと強く抱き込まれて、ようやくアストラの言葉の意味が頭に浸透《しんとう》した。

この国に来る？

ガーデンは、とてつもなく魅力《みりょく》的だ。庭師に弟子入りさせてもらえるなら、春夜にとっては願ってもいないありがたいことで……でも、そんなに簡単に春夜を呼び寄せようとしてもいいのだろうか。

「アストラは王子様なのに、おれが傍にいたらダメなんじゃないの？　関係を隠《かく》していても、いつか知られたら大問題になるんじゃ……」

庭師見習いとしてやって来た外国人の男が、王子であるアストラにベッタリしているのは、ものすごく不自然だろう。

アストラは上手《うま》くやれるかもしれないが、能天気で迂闊《うかつ》なことをしがちな自覚のある春夜は自分が周囲に隠し通せる自信はない。

困難ではないかと春夜が訴《うった》えると、アストラはあっさり「いいや」と否定した。

「フロス・プルヴィアは自由恋愛《れんあい》だ。パートナーが同性だろうが異性だろうが問題ないし、宗教的な禁忌《きんき》もない。第三王子が同性を伴侶《はんりょ》に迎えたとしても、後継者《こうけいしゃ》争いの種がなくなって好都合だと受け取られるくらいじゃないかな」

それは、予想もしていなかった言葉だ。

唖然《あぜん》とした春夜は、抱《だ》き寄せられたアストラの胸元《むなもと》に額を押しつけて自問自答する。

本当に、いいのだろうか？

アストラの迷惑《めいわく》にならないのなら……どうしたい？

自分の心に、正直になってもいいのなら……答えは決まっている。

「問題があるとすれば、ハルヤが、どうしたいかだけだ。ハルヤがうなずいてくれるなら、僕は持てる力をすべて使って、ハルヤのための環境《かんきょう》を整える」

覚悟《かくご》を決めていると伝わってくる、迷いを感じさせないアストラの言葉に、春夜も心のまま答えた。

「ここにいたい。フロス・プルヴィアが大好きで……アストラの傍にいたい。言葉を覚えなければならないとか、家族を説得しないといけないとか、おれ自身の課題はいっぱいあるけど、でも……」

アストラと一緒にいられるのであれば、なにもかも乗り越《こ》えられる。

顔を上げた春夜は、アストラと目を合わせて懸命《けんめい》に伝えた。

「そう……か。よかった。ハルヤに断られたら、最終手段は泣いて引き留めるしかないかと思っていた」

「……それも見たかったかも」

泣いて引き留められるのなら、一度は渋《しぶ》って見せてもよかったかもしれない。

ポツリと返した春夜に、アストラは複雑そうな顔で微苦笑《びくしょう》を滲《にじ》ませた。

「僕のことを散々意地悪だと言っていたが、仕返しか」

「ちょっとだけ」

笑い返した春夜に、仕方なさそうに小さく息をつく。

窓の外ではすっかり朝日が昇《のぼ》り、眩《まばゆ》い光が差し込んできていた。

「フロス・プルヴィアは、これからが本格的な花の季節だ。ハルヤが手伝ってくれれば、庭師は喜ぶだろう」

「うん……足手纏《あしでまと》いだって怒《おこ》られるかもしれないけど、頑張《がんば》る」

次々と花を咲《さ》かせるだろうガーデンを思い浮《う》かべると、芳《かぐわ》しい花の香《かお》りが漂《ただよ》ってくるみたいだ。

ユニコーンに護《まも》られた美しい国は、春夜にとっても祖国と呼べるものになるのだろうか。

「フロス・プルヴィアは、開国からまだ間がない。国の発展も、諸外国との関係を築くのも、これからだ。王族としての責務は少なくないが……ハルヤが傍にいてくれれば、なんでもできそうだな。国の聖獣《せいじゅう》であるユニコーンの加護を得ていることだし、最強だ」

春夜に軽くキスを落としたアストラが、晴れやかな表情でそう言ってくれるから……ここにいてもいいのだと信じられる。

サイドテーブルの上のペンダントとピアスが、朝陽《あさひ》を浴びてキラキラと輝《かがや》き、春夜とアストラへの加護を約束してくれているみたいだった。

その花の名は

い。

「うぅ……気持ち悪い」
頭痛、眩暈《めまい》、胃の気持ち悪さ……この症状《しょうじょう》に襲《おそ》われてここで頭を抱《かか》えるのは、初めてではな
い。

ベンチに腰《こし》かけているのに、まだ身体《からだ》がグラグラ揺《ゆ》れているような気がする。

足元に向かって、「うぇぇ」と零《こぼ》したところで、頭上から低い声が落ちてきた。

「大丈夫《だいじょうぶ》？」
気遣《きづか》う一言と共に、ミネラルウォーターのペットボトルが目の前に差し出される。
のろのろと顔を上げた春夜は、目の前に立つ白い制服を身に着けたプラチナブロンドの長身
に、ぎこちなく笑って見せた。
山間の空港への着陸間近、揺れに揺れた小型飛行機の操縦桿《そうじゅうかん》を握《にぎ》っていたのは、アストラだ
ったのか。

「あんまり、大丈夫じゃない……かも」

「そのようだ。抱《だ》いていこうか？」

力なく答えた春夜に、背中を屈《かが》めて尋《たず》ねてくる。

間近に迫《せま》る澄《す》んだアイスブルーの瞳《ひとみ》は、春夜がこれまで目にしたことのあるどんな宝石より
も綺麗《きれい》だ。

見惚《みほ》れたのは数秒で、体調の悪さがどこかへ行ってくれるわけではなかった。

は確実だ。

せっかくの申し出だけれど、抱かれて揺られたりすると、乗り物酔《よ》いの症状が悪化すること
「お気遣い、なく」

相変わらずキラキラと光を放っているようなアストラは、春夜の手にキャップを開けたペットボトルを握らせると、ベンチの隣《となり》に腰を下ろした。

「じゃあ、ここで少し休憩《きゅうけい》だね。……お帰り、ハルヤ」

「ぅー……ごめんなさい。ただいま。アストラ」

再会は、もっと感動的で晴れやかな場面になるはずだった。自分のせいで台無しにしてしまい、申し訳ない。

謝った春夜に、アストラはそっと首を横に振《ふ》って背中を擦《さす》ってくれた。

「ここへの着陸間際《まぎわ》は、気流が乱れることが多いから仕方ない。……僕の腕《うで》が、悪いわけじゃないからね」

アストラのせいではない。それは、わかっている。

春夜が責めたわけではないのに言い訳をするアストラが、なんだかおかしくて……ふっと笑ったところで、気分の悪さが先ほどまでより軽減していることに気がついた。

「ちょっとマシになった。改めて、久し振《ぶ》り」

丸まっていた背中を伸《の》ばしてアストラに向き合い、差し出された手に自分の手を重ねる。

ギュッと握られた手からは、あたたかなアストラの体温が伝わってくる。スマートフォン越《ご》しでは感じられないぬくもりに、アストラが目の前にいる実感が込み上げてきて、再会の喜びを噛《か》み締《し》めた。

「待ち侘《わ》びていた。……ハルヤは変わらず可愛《かわい》い。髪《かみ》の手触《てざわ》りも、そのままだ」

眩《まぶ》しい笑《え》みを浮《う》かべたアストラは、甘ったるい台詞《せりふ》を口にしながらお気に入りらしい春夜の髪に触《ふ》れてくる。

「一ヵ月くらいじゃ変わらないよ。……待たせてごめん」

これでも、最速であらゆる手続きを終えて、フロス・プルヴィアに再入国したのだ。

アストラに、逢《あ》うため……この国で生きていくために。

「ハルヤ、疲《つか》れていなければ夜のガーデンでデートしない？」

「平気。行きたい」

夕食後、ガーデンへと誘《さそ》うアストラに嬉々《きき》としてうなずいた。

長距離《ちょうきょり》移動をした上に、乗り物酔いにトドメを刺《さ》された。それに加えて時差ボケもあり、身体は疲労《ひろう》を感じている。

でも、夜のガーデンをアストラと一緒《いっしょ》に散歩するという、魅力《みりょく》的なデートを断る理由にはならない。

アストラと並んで離宮《りきゅう》を出ると、裏手に広がるガーデンを目指して歩く。

今の時季、フロス・プルヴィアの日中は上着なしでも過ごせる陽気だ、夜風は少し肌寒《はだざむ》いけれど、歩いているうちに気にならなくなった。

「昼間しか来たことがなかったけど、夜はライトアップされているんだね」

広いガーデンを縫《ぬ》うように整備されている歩道は、一定の間隔《かんかく》に設《しつら》えられた照明で照らされている。光量は控《ひか》え目に設定されているらしく、危なげなく歩くことができる程度で眩しくはない。

「花のためには、夜の照明はよくないんだろうけど、今夜は特別だ。ハルヤとのデートのあいだだけ、灯《とも》してもらった」

ゆっくりと歩いていたアストラは薔薇《ばら》のアーチになっている入り口で立ち止まり、春夜に手を差し出してくる。

自分たち以外には、誰《だれ》もいないから……いいか。

アストラの手を取ると、照れ隠《かく》しで足元に視線を落としてガーデン内へ歩を進めた。

「ギリギリだったけど、ハルヤが帰ってくるのに間に合ってよかった」

「なにが？」

ガーデンの奥を目指して歩くアストラは、目的を持って足を進めているようだ。間に合うとは？　と首を傾《かし》げた春夜を振り返り、小さく笑う。

「……もうちょっと待って」

意味深にそれだけ答えると、迷いのない足取りで小道を歩き続けた。

夜は花弁を閉じている種類もあるけれど、太陽の下で見る花とは違《ちが》う魅力がある。夜露《よつゆ》に濡《ぬ》れると香《かお》り高くなるものもあって、華《はな》やかな芳香《ほうこう》に包まれる。

「ここだ。……見て」

アストラが指差した先にあるのは、可憐《かれん》な薄紅色《うすべにいろ》の花弁を開いた小振《こぶ》りの薔薇だった。

春夜が知らないだけかもしれないけれど、初めて目にする。

「綺麗な薔薇」

「フロス・プルヴィアで新しく掛《か》け合わせて作った、新種らしい。今年、初めて花をつけたんだ。昨日まで蕾《つぼみ》だったけど、ハルヤが来るのを待っていたみたいだな」

「本当？　嬉《うれ》しいな」

背中を屈めた春夜は、顔を寄せて近くで薔薇を見詰《みつ》めた。甘すぎない、爽《さわ》やかな香りが鼻先をくすぐる。

「名前は？」

指先で花弁をそっと撫《な》でて、何気なく尋ねた。新種なら、名づけをしているはずだと思っての質問だったけれど……。

「ハナコ。その名前のほうが、いいかと思って」

アストラの答えに、驚《おどろ》いて身体を起こす。見上げたアストラは、目を細めて薄紅色の薔薇を見下ろしていた。

「その名前の女性が、この国に確かに存在したという証明だ。明日からは、ハルヤが手入れをしてくれる？」

「……うん」

呆然《ぼうぜん》とうなずいた直後、何故《なぜ》か視界が滲《にじ》んだ。

ハナコ……華子。

若くしてこの国を出て、一度も帰ることの叶《かな》わなかった曾祖母《そうそぼ》の名前を、美しい薔薇につけてくれた。

きっと春夜のことも思い遣《や》ってその名をつけてくれたアストラの気遣いに、胸の奥が熱くなる。

「泣かせたかったわけじゃないんだけど」

「……泣くつもりなんか、なかったのに」

少し困った声で言いながら肩《かた》を抱かれて、アストラに身を預ける。首にかけた真珠《しんじゅ》色のペンダントが揺れて、アストラの指がそっとペンダントをつついた。

「ハルヤを泣かせるな、って僕がユニコーンに怒《おこ》られる」

そんな言葉に、洟《はな》を啜《すす》ってアストラを見上げる。

アストラの耳では漆黒《しっこく》のピアスが揺《ゆ》れていて、春夜も指を伸ばしてピアスを軽くつついた。

「怒らないよ。悲しいからじゃないって、ユニもわかってるだろうから」

春夜の言葉に答えるかのように、ピアスが月の光を反射した。

虹色《にじいろ》に輝《かがや》き、春夜とアストラに守護聖獣《せいじゅう》の加護を伝えてくれる。

「アストラのピアスが、月光を浴びて虹色になってる」

「ハルヤのペンダントも同じだ」

端整《たんせい》な顔を寄せてきたアストラが、春夜の鎖骨《さこつ》あたりで揺れるペンダントに唇《くちびる》を寄せた。サラリとした髪が顔に触れ、くすぐったさに目を細める。

「ユニコーンだけじゃなくて、王子様のキスも……なんて、最強の加護だなぁ」

すごい御守《おまも》りだと口にした春夜に、顔を上げたアストラがイタズラっぽく囁《ささや》いた。

「本物のキスは、もっとすごい効果があるかもしれないけど？」

春夜の唇を指先で軽く撫でて、どうかな？　とアイスブルーの瞳《ひとみ》を細める。

「喜んで」

アストラの肩に手を置いた春夜は、アストラと視線を絡《から》ませて答えた。

「……断られなくてよかった」

花の香りに包まれ、そっと重ねられた優《やさ》しい口づけを、目を伏《ふ》せて受け止める。
ユニコーンのペンダントがほんのりと熱を帯びて、『ハルヤ』と呼ぶユニの声がどこからか
聞こえてくるみたいだった。

あとがき

こんにちは、または初めまして。真崎《まさき》ひかると申します。この度《たび》は『ユニコーンに導かれた先にいたのは王子様でした』をお手に取ってくださり、ありがとうございました。ここ数作、タイトルを編集部のほうで作ってもらっています。……タイトルセンスが欲しいです。

なんとなく、ファンタジーです。ユニコーンが存在する、ポップで軽いラブコメを目指しました。アストラは王子様らしい王子様にしようと、マイペースでちょっと強引《ごういん》な悪気のない我が儘《まま》（王子様への偏見《へんけん》ですが）で、恥《は》ずかしい台詞《せりふ》を臆面《おくめん》もなく口にできる美形……を目指しました。振《ふ》り回される春夜は、前向きでお人好《ひとよ》しのふわふわ天然（外見も脳内も）なカワイ子ちゃん……になっていればいいのですが。

いまいち自信のないキャラ設定ですが、イラストの明神翼《みようじんつばさ》先生が正統派キラキラ王子様なアストラとふわふわ可愛《かわい》い春夜のビジュアルを描《か》いてくださったので、作者の著述より遥《はる》かに説得力のある画面で「王子様」と「カワイ子ちゃん」を堪能《たんのう》していただけるかと思います。

白黒ユニたちも、いくつもパターンをいただいて選ぶのが悩《なや》ましかったです。ちびユニ、ぬいぐるみにしたいくらい可愛いです！　大変な状況《じようきよう》の中、とてもとても綺麗《きれい》で可愛いイラストを本当にありがとうございました。
担当I様。今回も酷《ひど》い目に遭《あ》わせて、申し訳ございません。お手を煩《わずら》わせました。ありがとうございました。災害や事故の報道に触《ふ》れるたびに、なにもできない無力感と日常生活を送れることの罪悪感で一旦《いったん》底まで落ちて身動きできなくなるのをなんとかしなければ、と思います。

ここまでお付き合いくださり、ありがとうございました。日々あちこちで起きている災害や事件事故等に、心身ともに疲弊《ひへい》することもあるかと思います。そんな中、非現実の世界で少しでも息を抜《ぬ》くことのできる、和《なご》める時間をお届けすることがエンターテインメント業界に携《たずさ》わる者の役目でもあると、立ち尽《つ》くして俯《うつむ》きがちな自分に言い聞かせています。一冊の本になるまでご尽力《じんりょく》くださる、関係者の皆様《みなさま》に感謝するばかりです。周囲を見回すと、こんなアホなモノを書いていてもいいのか……葛藤《かっとう》しつつですが、読んでくださった方にちょっぴりでも楽しんでいただけると幸いです。
では、失礼致《いた》します。またどこかでお逢《あ》いできますように。

二〇二四年　花粉の威力《いりょく》が年々強烈《きょうれつ》になっている気がします　真崎ひかる

ユニコーンに導《みちび》かれた先《さき》にいたのは王子様《おうじさま》でした
真崎《まさき》ひかる

角川ルビー文庫 24121

2024年4月1日 初版発行

発行者――山下直久
発 行――株式会社KADOKAWA
〒102-8177 東京都千代田区富士見2-13-3
電話 0570-002-301(ナビダイヤル)
印刷所――株式会社暁印刷
製本所――本間製本株式会社
装幀者――鈴木洋介

ISBN978-4-04-114783-2 C0193 定価はカバーに表示してあります。

KADOKAWA RUBY BUNKO

角川ルビー文庫

いつも「ルビー文庫」を
ご愛読いただきありがとうございます。
今回の作品はいかがでしたか?
ぜひ、ご感想をお寄せください。

〈ファンレターのあて先〉

〒102-8177 東京都千代田区富士見 2-13-3
株式会社KADOKAWA
ルビー文庫編集部気付
「真崎ひかる先生」係

虎王子に溺愛されて、子作りすることになりました。
おまえが俺の子を産めばいい。
Hikaru Masaki
真崎ひかる
イラスト／森原八鹿
高潔な虎王子×溺愛される『ひとのこ』の
異世界♥子作りファンタジー
怪しげな種を飲み込んでしまった望月は異世界へと攫われ、虎王子の世継ぎとなる卵を産むことに!? 断固拒否をしていたが、王子・雷牙の不器用で情熱的な愛情と唇の甘さに溶かされていく。更に望月の父は異世界とかかわりが？

ルビー文庫